AF206832

BOOKS on DEMAND

„Bücher und Dirnen
kann man ins Bett nehmen."

Walter Benjamin (1892 – 1940)

Julina Anders

Nenn mich Freudenmädchen!

Bekenntnisse einer jungen Hure

Bibliografische Information der Deutschen Nationalbibliothek:
Die Deutsche Nationalbibliothek verzeichnet diese Publikation in der Deutschen Nationalbibliografie; detaillierte bibliografische Daten sind im Internet über http://dnb.dnb.de abrufbar.

Herstellung und Verlag: BoD – Books on Demand, Norderstedt

ISBN: 978-3-7448-7003-0

Inhaltsverzeichnis

PROLOG

Nie ohne. Was für meinen Job gilt, scheint auch für ein Buch über Prostitution zu gelten. Ohne Vorwort geht es nicht. Man muss klarstellen, wo man steht. Bin ich die ausgebeutete Zwangsprostituierte, die hier gegen ihren brutalen Zuhälter anschreibt? Klage ich die Gesellschaft und die Männer an, die mich in eine erniedrigende Arbeit gezwungen haben? In beiden Fällen wären mir Beifall und Mitgefühl sicher.

Die Diskussion um die Ursachen von Prostitution dauert seit Jahrzehnten, wenn nicht Jahrhunderten oder Jahrtausenden an. Alle Lager haben längst ihre Geschütze in Stellung gebracht und warten nur auf Unbedarfte, die sich aus der Deckung wagen. Mir ist klar: ich stehe mitten in einem Minenfeld, das zudem bestückt ist mit zahllosen Fettnäpfchen.

Also – ich ducke mich und sage frei heraus: ich mag Sex, und ich werde gerne dafür bezahlt. Wenn Donner und Qualm verzogen sind, möchte ich bitte weiterreden. Ich spreche hier nur für mich – auch wenn mir klar ist, dass ich sofort eingeordnet werde in diverse Schubladen. Ich will mit diesem Buch keine Gesetze ändern oder erhalten, dies ist keine Anklageschrift, und es ist auch keine sozialkritische Abhandlung.

In diesem Buch erzähle ich ganz allein von mir und meinen Erlebnissen im Reich der käuflichen Lüste. Ja, ich schlafe mit Männern und bekomme dafür Geld. Ich ficke, und ich lutsche Schwänze gegen Kohle. Ich mache es gern. Es macht mir Spaß. Und ich hasse oder verachte die Männer nicht, die mich bezahlen. Puh, jetzt ist es raus.

Soviel vorweg, damit Sie wissen, wo ich stehe. Ich erzähle Ihnen gern davon, wie ich dazu kam – und wie ich den käuflichen Sex für mich entdeckt habe. Bitte sehen Sie davon ab, mich psychologisch analysieren oder therapieren zu wollen. Ich sehe meine Prägung nicht als Defekt, der von Fehlentwicklungen in der Kindheit oder der Pubertät herrührt.

Ich weiß, dass viele Frauen in der Prostitution ganz schreckliche Erfahrungen machen – diese Seite des Geschäfts will ich nicht verschweigen und nicht verharmlosen. Ich kenne sie aber nicht. Ich habe immer selbst bestimmt gelebt und gearbeitet. Wenn mir etwas nicht gefiel, habe ich es nicht gemacht. Zuhälter kenne ich nur aus schlechten Krimis im Fernsehen. Wenn Sie also immer noch Interesse an meiner Geschichte haben, dann müssen Sie akzeptieren, dass ich nicht die „klassische" Hure bin.

Ich sitze nicht in einem Bordell oder Laufhaus herum – ich warte auch nicht zu Hause auf Kunden, die ich wie am Fließband abfertige. Ich mache bezahlten Sex nicht von morgens bis abends – sondern nur soweit es mir selbst gefällt. Ich habe ein Leben neben dem bezahlten Sex. Ich bin 28 Jahre alt. Ich bin eine Hure.

Die Bezeichnung geht in Ordnung – wenn Frauen aus dem Gewerbe ihn selbst verwenden. Es spricht von

Härte aber auch von Stolz, wenn man einen Begriff nutzt, der sonst ein Schimpfwort ist. „Prostituierte" und „Sex-Arbeiterin" klingt nach Soziologen-Sprech. Es gibt aber auch so schöne Namen wie „Liebesdienerin", „Kurtisane" oder „Hetäre". „Freudenmädchen" gefällt mir am besten – das ist schlicht und schön.

In diesem Buch berichte ich über meine Erfahrungen als Freudenmädchen in Berlin. Ich habe mein ganzes Leben in dieser wundervollen Stadt verbracht – und wahrscheinlich hätte mein Leben an jedem anderen Ort nicht diesen Verlauf genommen. Sex ist in Berlin vermutlich so wenig reglementiert wie sonst nirgendwo auf der Welt – weder durch juristische, soziale oder finanzielle Schranken. Ich habe das nicht wissenschaftlich untersucht – ich bin mir aber ziemlich sicher.

Ich habe das Buch geschrieben, weil meine Kunden mich immer danach gefragt haben: wie bin ich so geworden, wie ich bin? Und nicht wenige haben gemeint, daraus müsste man mal ein Buch machen. Der käufliche Sex regt die Phantasie vieler Menschen an – so auch meine. Ich bin neugierig auf die Lüste, Vorlieben, Perversionen und Abgründe, die sich hinter den scheinbar gleichförmigen Fassaden dieser Stadt auftun. Wie langweilig wäre es doch, wenn alle stumpf ihrer geregelten Arbeit nachgingen, um dann zu Hause mit der Familie vor dem Fernseher vegetarische Würstchen zu futtern. Ist es nicht viel spannender sich vorzustellen, was nachts in Bars, Hotelzimmern oder in den einschlägigen Clubs dieser Stadt geschieht? Welche geheimen Wünsche gerade erfüllt und ausgelebt werden?

Einen Herrn muss ich in diesem Zusammenhang noch erwähnen: Adam Riese. Das Geld spielt natürlich auch eine Rolle – eine nicht zu unterschätzende. Mit vielen meiner Kunden würde ich nicht ins Bett gehen, wenn sie mich nicht dafür bezahlen würden. Ich kann Geld gut gebrauchen. Als Angestellte einer Event-Agentur verdiene ich nur so mäßig gut – und als Hure bekomme ich mehr als ich jemals mit einem anderen Nebenjob einspielen könnte. Außerdem mag ich Sex, ich bin gut darin. Warum also nicht? Ich behaupte nicht, dass ich mein Leben nicht anders finanzieren könnte. Das geht. Ist aber viel Arbeit. Ist der Job manchmal eklig? Ja. Die Bettpfannen im Krankenhaus hab ich aber auch nicht unter Freudenschreien geleert, als ich in der Ausbildung zur Krankenschwester war. Und das, was ich da an einem Tag verdiente, bekomme ich heute für eine Stunde. Ein bisschen mehr sogar. Noch Fragen?

Ich will niemanden zu dem Job überreden – aber ich stelle fest, dass in allen Diskussionen zu dem Thema meine sexuelle Lust dramatisch unterschätzt wird. Und ich vermute, es geht nicht nur mir so damit. Ist das nicht absurd? Nach der vorherrschenden Meinung hat der Mann einen unbändigen Hunger nach Sex – die Frau aber nicht. Feministinnen wie Alice Schwarzer erwecken den Eindruck, als ob Frauen Sex mit Männern keine große Freude bereiten kann. Und Sex gegen Geld finden sie grundsätzlich erniedrigend für die Frauen. Manchmal glaube ich, dass der rheinische Katholizismus Frau Schwarzer mehr geprägt hat als sie selber ahnt.

Was, wenn das alles gar nicht stimmt? Wenn es Frauen gibt, die versauten Sex mögen? Die es aus reiner Lust mit mehreren Männern gleichzeitig treiben? Ja, es kommt noch schlimmer: Ich war mit Männern zusammen, die meine Lust nicht stillen konnten. Was jetzt? Immer wieder werde ich mit der vorwurfsvollen Behauptung konfrontiert: das kann Dir doch keinen Spaß machen!

Doch! Ich habe ein großes sexuelles Verlangen, ich probiere gerne Vieles aus, ich habe eine große Neugier – und ich liebe Rollenspiele. Je weiter meine Rolle von meinem eigentlichen Charakter entfernt ist, umso besser! Und ganz wichtig: ich sehe mich nicht als nymphoman, gestört oder krank an.

Ich weiß, es fällt schwer – aber: Sie müssen sich das Freudenmädchen als einen glücklichen Menschen vorstellen.

HEISENBERG – Eine neue Dimension

Schon von weitem ist er zu sehen: dieser riesige Betonkasten im Osten Berlins. Früher mal ein gigantischer, grauer DDR-Plattenbau – heute immer noch gigantisch, aber leidlich renoviert. Hier residiert Heisenberg. Zweimal hab ich ihn schon besucht. Und es war jedes Mal ein außergewöhnliches Erlebnis.

Ich weiß, er hat heute große Erwartungen an mich. Und das macht mich an diesem Abend ein bisschen nervös. Irgendwo da oben im 14. Stock steht er vermutlich gerade am Fenster. Und sicherlich beobachtet er mich genau in diesem Augenblick. Er besitzt ein teures Fernrohr, das auf einem schweren Stativ ruht. Es war ihm wichtig, dass ich hindurch schaue. Und mein Staunen war nicht einmal gespielt. Mühelos blickte ich in die Wohnungen der Häuser gegenüber, wo kaum jemand sich durch Vorhänge vor Beobachtern schützte. Heisenberg, ein Voyeur? Aber nein. Das Beobachten gibt ihm keinen sexuellen Kick. Es geht ihm um mehr. Der Blick durchs Fernrohr gibt ihm das Gefühl von Macht und Allwissenheit. So hat er es mir zumindest beschrieben.

Ich habe den Eingang erreicht. Klingelschilder reihen sich über mehrere Meter aneinander. Mehr als hundert Mieter muss es hier geben. Wer nicht weiß in welche Etage er möchte, ist aufgeschmissen. Bei meinem ersten Besuch musste ich Heisenberg von unten anrufen: „Wo soll ich klingeln?" Etwas genervt nannte er mir dann eine vierstellige Zahlenkombination – darunter stand tatsächlich sein Name.

Angst vor Indiskretion hatte Heisenberg offenbar nie. Von Anfang an nannte er mir seinen richtigen Namen – was nur Wenige tun. Erst recht, wenn sie so spezielle Wünsche haben. Außerdem bestellte Heisenberg mich schon beim ersten Treffen zu sich nach Hause. Für mich lag damit nahe, dass er allein lebte und bei seinen Nachbarn nicht um seinen Ruf fürchten musste. Es war einer der Gründe, warum ich ganz zu Anfang ablehnte, ihn überhaupt zu treffen. Doch er war äußerst hartnäckig, und schließlich gab ich nach.

Bei unserem ersten Treffen taufte ich ihn ziemlich bald auf den Namen „Heisenberg". Er erinnerte mich an diesen verrückten Chemie-Lehrer aus „Breaking Bad". Vermutlich schaue ich zu viele TV-Serien. Aber es hilft mir mit meinen Männern umzugehen. Ich kann sie einordnen, vergleichen – und mit ihnen irgendwie eine andere Realität betreten.

Immer wenn ich neue Kunden treffe, bin ich etwas nervös. Ich habe in der Regel ein paar Mails von ihnen gelesen – oft haben wir auch ein paar Minuten telefoniert. Mehr ist meistens nicht. Heisenberg klang am Telefon sehr aufgeregt. Er sprach schnell und laut. Als ich dann das erste Mal auf seiner Etage ankam, hörte ich seine Stimme plötzlich hinter mir. „Hallo! Hierher." Ich erschrak. Ich war an seiner Wohnung vorbei gelaufen. Ich hatte mich von der abblätternden Wandfarbe in diesem heruntergekommenen, finsteren Flur ablenken lassen. Ja, ich muss zugeben: ich hatte ein bisschen Angst bei meinem ersten Besuch. Ich drehte mich zu ihm um, und als ich ihm ins Gesicht sah, stellte ich (lautlos) fest: „Scheiße! Heisenberg."

Er sieht tatsächlich dem Chrystal-Meth-Koch Walter White sehr ähnlich. Ein hagerer, blasser Mann mit Metallrandbrille – Ende 40. Ernste Miene, stechende Augen. Ständig unter Strom oder getrieben von einer unsichtbaren Kraft. Auch heute wirkt er fahrig und ungeduldig. Dabei bin ich wie stets überpünktlich. Er winkt mich rein, und ich ziehe gleich hinter der Wohnungstür meine Schuhe aus. Darauf legt er großen Wert – auch das weiß ich bereits. „Hast du alles dabei?", fragt er gehetzt. Natürlich. Alles, was er sich gewünscht hat: diverse sexy Outfits und kniehohe, schwarze Stiefel. Ich ahne, was jetzt kommt. Er setzt sich aufs Sofa, gießt sich einen Kaffee-Likör ein und schaut mich erwartungsvoll an. Ich zeige ihm, was ich so dabei habe. Ein knappes Top, einen engen Rock, eine Korsage, einen transparenten Slip, diverse Shirts und ein enganliegendes Kleid.

Es folgt: eine kleine Modenschau. Ich probiere eins nach dem anderen an – er begutachtet alles und schlägt mir vor, was ich als Nächstes anziehen soll. Ich mache daraus keine Strip-Nummer. Das hier ist für ihn noch der organisatorische Teil – das macht ihn nicht an. Beim ersten Mal versuchte ich mich lasziv aus den Kleidern zu schälen. „Lass das! Einfach ausziehen!", stoppte er mich wenig sensibel. Ok. Dann eben nicht.

Heisenbergs Wohnung besteht nur aus einem Zimmer. Die Decke ist niedrig und drückend – die beinahe bodentiefen Fenster bieten allerdings einen atemberaubenden Blick auf die Stadt. Fernsehturm, rotes Rathaus, der Dom. Die Möbel sind nicht sehr geschmackvoll gewählt. Eher zufällig zusammengewürfelt. Eine dunkle Schrankwand, ein kleines Zweisitzer-Sofa und eine schmale Küchenzeile. In der Ecke ein Hometrainer. Keine Deko. Nichts Persönliches. Der Fernseher ist an. Ein Nachrichtensender läuft. Heisenberg wird ihn den ganzen Abend plappern lassen.

Was er beruflich macht, sagt er mir nicht. Als ich darauf zu sprechen komme, weicht er mir aus. Ich habe den Verdacht, dass er mit Drogen handelt. Nicht weil er wie Heisenberg aussieht - nun ja, auch das stärkt meinen Verdacht - nein, sondern weil er mir schon beim ersten Treffen Drogen anbietet. Er könne alles besorgen, sagt er. Er kenne Leute im Haus. Da gebe es alles: Koks, Gras, Meth, Ecstasy, das ganze Programm. Ich lehne dankend ab. Doch Heisenberg meint, er müsse mich auflockern – wenigstens mit Alkohol. Eine Flasche Sekt packte er bei unserer ersten Begegnung aus – ich nippte am Glas und kippte es in einem unbeobachteten Moment in die Yucca-Palme neben dem Sofa. In Filmen klappt so was immer super. Doch diese komischen Hydro-Steinchen reagierten irgendwie mit dem Sekt - es schäumte furchtbar. Heisenberg erwischte mich: „Na, magst wohl keinen Sekt, was?". Ich murmelte was von einer Mücke im Glas – keine Ahnung, ob er mir das abnahm.

Doch zurück zu unserer kleinen Anprobe. Am Ende fragt er mich: „Was würdest Du nehmen?". Ich überlege. „Wie wär´s mit dem Rock und dem Top hier?". Er schüttelt den Kopf. „Zieh das Kleid da an!" Auch so ein Klassiker. Er fragt mich nur, um mir dann etwas anderes vorzuschreiben. Das turnt ihn vermutlich mehr an, als meine An- und Auszieherei. „Ok", verkündet Heisenberg. „Zieh Dich an, geh raus, und dann legen wir los." Das Kleid ist schnell übergestreift. Er zählt mir unterdessen mein Geld ab, und dann stehe ich auch schon wieder draußen im Flur. Einmal durchatmen. Der Heisenberg-Abend kann beginnen. Ich klingele.

„Hallo Katja. Komm rein." Er ist wie ausgewechselt. Höflich. Freundlich. Zuvorkommend. Den Namen „Katja" hat *er* mir verpasst. Ich weiß nicht, was er damit verbindet. Ich weiß nur, welche Rolle er für mich vorgesehen hat: Ich bin eine junge Frau, die er auf der Straße angesprochen hat – nun komme ich auf Kaffee und Kuchen zu ihm auf die Stube. Allein das ist schon eine wahnwitzige Vorstellung. Welche Frau, die bei Sinnen ist, würde mit *diesem* Mann in *diese* Wohnung gehen. Aber gut. Gäbe es solche Frauen, wäre ich vermutlich nicht hier. Für ihn zählt allein die Vorstellung.

„Schön hast Du es hier!". Ich antworte mit Sätzen, als hätte sie mir ein schlechter Serienschreiber in den Mund gelegt. Diese Art von Rollenspiel liegt mir nicht gerade. Ich mag Dirty-Talk. Ich kann auch Domina. Aber erfundener Small-Talk ist nicht so mein Ding. Na gut, ziehen wir es durch. „Und Du lebst hier ganz allein?" Heisenberg freut sich über diese Vorlage: „Ja. Ich hoffe, das ist Dir nicht unangenehm." Puh. Ungefähr so hat man sich vermutlich im vorletzten Jahrhundert unterhalten. „Nein. Schon ok."

Heisenberg holt eine Kaffeekanne. Er packt Kuchen aus. Bienenstich. Ich habe nie verstanden, wie man Bienenstich mögen kann. Ich habe auch noch nie jemand gesehen, der diese seltsamen Teile aus der Auslage der Bäcker freigekauft hätte. Bisher hatte ich immer gedacht, das sei nur Dekoration, aber ganz sicher nicht zum Essen bestimmt. „Nimm ruhig. Es wird Dir guttun." Fast muss ich lachen. Ist das jetzt Ironie? Macht er sich lustig über mich? Will er sehen, wie lange ich die Rolle durchhalte?

Ich entschließe mich, ebenfalls die Grenzen des guten Geschmacks auszutesten. Wenn auch nur, um aus dieser seltsamen Atmosphäre auszubrechen: „Weißt Du, ich habe ein wenig Probleme mit meiner Verdauung." Er lächelt: „Ach, tatsächlich? Ein Jammer." Jetzt muss auch ich grinsen. Heisenberg versteinert. Das gefällt ihm gar nicht. „Bleib bei Deiner Rolle!", raunt er mir zu wie ein entnervter Theater-Regisseur.

Ich merke, wir kommen langsam zum Punkt. „Hast Du was dagegen, wenn ich mir die Hose ausziehe?", fragt er höflich. „Du, das ist mir gar nicht recht!", erwidere ich peinlich berührt. „Wir kennen uns ja noch gar nicht. Ich dachte wir unterhalten uns einfach nett zusammen..." Heisenberg lässt sich nicht beirren.
„Weißt Du, warum ich Dich unten angesprochen habe?"

„So, warum denn?"

„Weil Du einen geilen Arsch hast."

Ich bin etwas betreten. „Na, Du bist aber ganz schön direkt."

„Einen geilen Arsch und eine geile Figur."

„Ok."

„Weißt Du, worauf ich stehe?"

„Nein."

„Auf Ärsche."

„Aha."

Jetzt zieht er sich doch die Hose aus. Darunter trägt er karierte Boxershorts.

Ich protestiere: „Hey, was soll das?"

„Ich würde mir auch *Deinen* Arsch gern näher anschauen!"

„Du spinnst ja. Kannst Du vergessen. Ich geh gleich."

Ich sehe, dass Heisenberg jetzt langsam einen steifen Schwanz bekommt.

„Ich würde Dir gern zuschauen", verkündet er.

„Wobei zuschauen?"

„Naja, wie Du.... Dein Geschäft verrichtest."

„Wie bitte?"

„Ja, ich will sehen wie Du pinkelst. Musst Du mal? Dann könntest Du das Glas hier nehmen. Natursekt. Sagt Dir das was? Sekt und Kaviar?"

Heisenberg greift nach einem Weizenbierglas. Ich bin entrüstet.

„Sag mal bist Du total übergeschnappt. Wir haben uns eben zum ersten Mal getroffen, und ich soll Dir einfach so ins Glas pullern?"

„Ja, und ich will Kaviar von Dir! Sekt und Kaviar."

Das ist der Moment, in dem ich Heisenberg eine scheuere. Mit der flachen Hand ins Gesicht. Offenbar nicht fest genug. Er reibt sich lächelnd das Gesicht. „Oh. Süß!", meint er nur. Ich hole weiter aus. Es klatscht laut. Meine Handfläche brennt. Das dürfte reichen.

Vielleicht muss ich an dieser Stelle einiges erklären. Heisenberg hat mich schon vor unserem ersten Treffen mit Emails bombardiert. Er schrieb mir, dass er auf Kot und Urin abfährt – und er war keineswegs der erste Kunde, der danach fragte. Es ist nicht mein Spezialgebiet muss ich dazu sagen. Ich hatte mal einen, der legte sich auf den Rücken, und ich sollte einfach nur auf seinen Bauch eine schöne Wurst setzen. Eine gute Stunde hockte ich über ihm. Wir unterhielten uns über Gott und die Welt, doch ich konnte einfach nicht. Er lag da, schaute meinen Unterleib an und wartete auf den warmen Kaviar, der einfach nicht kam. Er war dann sehr verständnisvoll: das sei ja menschlich, meinte er, und ich könne ja auch nicht zaubern. Dann zog er etwas betrübt davon.

Heisenberg hatte von Anfang an sehr konkrete Vorstellungen: er wollte von mir Sekt und Kaviar, um beides in meiner Anwesenheit zu verzehren. Das fand ich auf Anhieb so eklig, dass ich ihm erst einmal absagte.

Meine Ablehnung stachelte Heisenberg allerdings nur noch mehr an. Er rief mich an, schlug vor, wir sollten uns einfach nur mal so kennenlernen – er werde bei unserem ersten Treffen nicht auf seiner Vorliebe bestehen. Ich gab nach.

Ich muss dazu sagen, dass ich mich mit menschlichen Exkrementen ganz gut auskenne. Ich habe immerhin mal eine Ausbildung zur Krankenschwester angefangen. Gleich in der ersten Woche schickte man mich auf die urologische Station. Warum auch immer. Erste Aufgabe am ersten Tag: der Pipi-Express. So nannten die Schwestern das Austauschen der Urin-Flaschen. Ich fuhr mit einem Wagen durch die Zimmer, sammelte die vollen Flaschen ein, verteilte neue und spülte dann die benutzten aus. Super eklig fand ich das anfangs. Aber ich gewöhnte mich daran. Es blieb meine tägliche Aufgabe.

Nächster Job auf der Station: die Männer waschen, die es selbst nicht konnten. Ich erinnere mich noch genau an meinen allerersten Patienten. Einen netten, älteren Herrn. Sehr schüchtern. Nervöser als ich. Ich hatte keine Ahnung, was ich tun sollte. Wischte ihm durchs Gesicht mit dem einen Lappen und über die Brust mit dem anderen – zog die Bettdecke wieder hoch und verabschiedete mich. Dann fragte ich die Krankenschwestern, ob das so okay sei. Die brüllten vor Lachen, als ich verschämt fragte, ob ich die Männer auch „untenrum" waschen müsse.

Ich kehrte also zu dem freundlichen Herrn zurück – erklärte, dass wir noch nicht fertig seien und zog ihm mit hochrotem Kopf die Pyjama-Hose runter. Sein Hodensack war dick wie eine Orange, feuerrot und prall. Ich wischte vorsichtig. Vielleicht war er ja deshalb hier. Hodenprobleme. Erst viel später hörte ich, dass es innere Blutungen waren, die ich hätte melden müssen. Der Mann wäre fast zum Eunuchen geworden. Er selbst schien sich aus Scham nicht gemeldet zu haben.

Natürlich hatte ich später auch die Bettpfannen zu leeren und zu reinigen. Ich lernte den menschlichen Körper intensiv kennen – und seine Ausscheidungen. Ich hatte gedacht, ich würde mich irgendwann gewöhnen: an den Desinfektionsgeruch der Krankenhausflure, das kalte Neonlicht, das Leiden und das Sterben. Ich konnte es nicht. Schon nach wenigen Monaten gab ich auf.

Und falls es jemand genau wissen will: ich fand die Arbeit im Krankenhaus unangenehmer als meine jetzige Tätigkeit. Ich schenke Männern Momente der Lust, der Entspannung und des Glücks, für die sie mir aufrichtig dankbar sind. Ich kann selbst entscheiden, wann und mit wem ich Sex habe – die Umgebung ist meist gemütlicher als ein Krankenzimmer, und in der Regel riecht es auch besser. Über die Bezahlung müssen wir gar nicht erst reden.

Allerdings setzten Heisenbergs Wünsche selbst mir - der erfahrenen Pipi-und-Bettpfannen-Expresslerin - ordentlich zu. Die Vorstellung, dass er meinen Kot und meinen Urin in meinem Beisein verzehren würde, stieß mich ab. Doch zugleich war ich auch neugierig auf diesen Mann. Es klingt vielleicht komisch: aber was andere Menschen als „Perversionen" abtun, finde ich einfach spannend.

Für unsere erste Begegnung hatte sich Heisenberg dann ein anderes Szenario überlegt. Ich sollte ihn ja erst einmal kennenlernen – von seiner besten Seite. Vor Ort erklärte er mir, er habe sich noch jemand in die Wohnung bestellt: einen transsexuellen Callboy. Der verspätete sich jedoch um über eine Stunde – offenbar hatte er noch einen anderen Kunden zu bedienen. Heisenberg nutzte die Zeit um mich einzuwickeln. Sein Ziel war ganz klar, mich für seine ungewöhnliche Veranlagung zu sensibilisieren. Er zeigte mir sein Lieblings-Video.

Zu sehen war eine Modelleisenbahn, die durch eine Mini-Landschaft ihre Kreise zog. Hinter der Lok reihten sich zehn offene Güterwaggons hintereinander. „Achtung – jetzt!", wies mich Heisenberg aufgeregt auf den Höhepunkt des Filmes hin. Eine etwas ältere, gar nicht mal besonders hübsche Frau erschien. Obenrum trug sie ein knappes Shirt, untenrum nichts. Sie hockte sich über die Schienen, der Zug verlangsamte seine Fahrt – und dann setzte sie mit bewundernswerter Präzision ein Häufchen nach dem anderen in die Güterwaggons, die kurz unter ihr stoppten, um dann frisch beladen weiterzuziehen. Nachdem auch der letzte Wagen erfolgreich bestückt worden war, strahlte die Dame in die Kamera. Sie war sichtlich stolz auf ihre Tat. Sie ging aus dem

Bild, der Zug drehte noch eine Siegesrunde. Dann wurde der Bildschirm schwarz.

Erwartungsvoll blickte mich Heisenberg an. Mit einem Ausdruck im Gesicht, als müsste ich nun in helle Begeisterung ausbrechen über dieses Kunststück. Ich gab mir Mühe: „Sehr talentiert die Dame", brachte ich hervor. „Könnte ich nicht so ohne weiteres", dämpfte ich sogleich mögliche Erwartungen.

Heisenberg steckte sich eine Zigarre an. Als passionierter Hobbypsychologin ratterte es gleich in meinem Hirn: Er trinkt dunkelbraunen Kaffee-Likör. Er raucht fingerdicke, dunkelbraune Stangen. Hm. Passt irgendwie alles zusammen. Aber warum macht er das nur?

Ich habe mal ein bisschen recherchiert in Sachen „Fetisch". Seit über zweihundert Jahren wird da geforscht, und es gibt immer mal wieder Erklärungsansätze. Eine klare, überzeugende These hab ich aber nicht gefunden. Das Problem ist offenbar, dass der ganz überwiegende Teil der Fetischisten nicht unter der eigenen Passion leidet. Da lässt sich keiner behandeln – im Gegenteil wird der Fetisch als Quelle der Lust empfunden. Da wird Befriedigung gesucht und keine Heilung. Keiner weiß, wie viele Menschen einen Fetisch haben. Ich kann aber aus Erfahrung sagen: sehr viele. Und tatsächlich habe ich festgestellt, dass für Fetischisten der Sex sehr erfüllend sein kann. Wenn die Wunschvorstellung prinzipiell erfüllbar ist. Sonst kann so etwas auch zu einer Besessenheit führen, die sozial nicht mehr wirklich kompatibel ist.

Womit wir wieder bei Heisenberg wären. Es klingelte an der Tür. Lea war endlich da. Auf hohen Schuhen, in Frauenkleidern und mit einer Perücke. Eine zierliche Person – allerdings mit einem ziemlich männlichen Körperbau. Breite Schultern, keine Taille, kräftige Hände. Lea kannte sich ganz offensichtlich aus. Sie verschwand gleich im Bad und erschien kurz darauf – nur mit einem Slip bekleidet. So kamen ihre Brüste gut zur Geltung. Aufgepumpt auf Körbchengröße C. Kein Meisterwerk würde ich sagen – man sah die Narben und auch die Form wirkte nicht sehr natürlich auf mich. Aber für mich war das ja auch nicht gemacht. Lea ließ sich nicht lange bitten. Sie packte das Geld ein, das auf dem Tisch für sie bereit lag, legte sich auf das Bett und streifte den Slip runter. Ein Schwanz von beachtlicher Größe kam zum Vorschein. Lea wichste ihn lasziv und schaute dabei Heisenberg an. „Komm schon!", hauchte sie. „Lutsch meinen Schwanz!"

Mir gegenüber war Heisenberg die ganze Zeit über recht dominant und fordernd gewesen. Nun ließ er sich von Lea herumkommandieren. Er legte sich zu ihr aufs Bett und nahm ihren Schwanz in den Mund. Ich beobachtete die beiden – unsicher, was meine Rolle nun sein sollte. Als Leas Schwanz leidlich hart war, wurde Heisenberg wieder aktiver. Sein Wunsch: wir sollten ihn beide gleichzeitig anal penetrieren: ich mit einem Umschnall-Dildo und Lea mit ihrem besten Stück. Wir gaben uns Mühe – aber es war ein Desaster. Ich lag zuunterst und wurde fast zerquetscht. Zudem hatte ich natürlich weder Gefühl in meinem künstlichen Schwanz

– noch konnte ich ihn irgendwie steuern. Ich rutschte raus, wenn Lea in ihn eindrang und umgekehrt. Ich rang nach Luft, und Lea machte langsam schlapp.

Heisenberg war verärgert – und er ließ seinen Frust an Lea aus. Sie habe offenbar schon mindestens einen Kunden hinter sich, meinte er, und sie könne wohl einfach nicht mehr. Lea regte sich fürchterlich auf. Heisenberg akzeptiere sie gar nicht als Frau – er wolle im Grunde einen schwulen Stricher. Die beiden stritten so lange bis Lea schließlich ihre Sachen packte und ging. Bis auf 50 Euro gab sie Heisenberg sogar das Geld zurück. Letztlich war sie vielleicht zwanzig Minuten da gewesen.

Wir waren also wieder zu zweit. Heisenberg tobte. Ich versuchte ihn zu beruhigen, redete ihm gut zu – bestätigte mehrfach, er sei ja im Recht. Es blieb nicht mehr viel Zeit. Drei Stunden hatte er bezahlt. Er hatte ein Einsehen, und wir legten uns als Löffelchen ins Bett. Sein Wunsch: ich sollte mit meinen Fingern in seinen Anus eindringen. Er hatte lange Latexhandschuhe und Melkfett parat. Wie gefordert, steigerte ich mich langsam. Erst einen Finger, dann zwei. Irgendwann steckten alle meine Finger bis zu den Knöcheln in seinem Hintern. „Ich bin drin", vermeldete ich hinter seinem Rücken. Er sah mich über die Schulter an und schüttelte den Kopf. „Da geht noch was. Mehr Kraft, mehr Druck."

Ich folgte seinem Rat. Und tatsächlich. Plötzlich machte es „flupp" – und meine ganze Hand befand sich in seinem Inneren. Es war seltsam warm, und ich mochte mir überhaupt nicht vorstellen, was meine Finger da berührten. Langsam zog ich die Hand wieder raus und führte sie gleich anschließend wieder ein. Er stöhnte lustvoll. Als ich meine Hand wieder hervorzog, schrie ich leise auf. An dem Handschuh klebte Blut. Heisenberg beunruhigte das überhaupt nicht. „Das ist normal", meinte er, „das gehört dazu." Zum ersten Mal in meinem Leben hatte ich „Anal-Fisting" ausprobiert.

Heisenberg blickte auf die Uhr. Bisher hatte ich seinen Schwanz nicht berührt, ich hatte auch meinen Slip immer noch an. Nun wünschte er sich eine einfache Handmassage. Es war fast ein wenig einfallslos nach dieser stundenlangen Inszenierung. Aber ein Orgasmus gehörte für ihn anscheinend irgendwie dazu. Ich holte ihm einen runter. Er kam schnell. Ich bin mir sicher, dass es nicht der Höhepunkt für ihn war. Meine Hand in seinem Arsch hat ihm auf jeden Fall mehr Vergnügen bereitet als die Ejakulation am Schluss.

Nach dem Tag war ich so erledigt wie selten zuvor. Die Begegnung mit Heisenberg war verstörend, aber auch spannend. Immerhin hatte er sein Ziel erreicht. Ich war bereit, ihn wieder zu treffen. Und ich war einverstanden, ihm zu geben, wonach er verlangte.

Allerdings verlief das zweite Treffen auch nicht ohne Komplikationen. Er rief mich an einem Nachmittag an und wollte mich schon bald darauf sehen. Wenige Stunden später kam ich bei ihm an. Ich hatte ein ungutes Gefühl. Und tatsächlich plagte mich mein altes

Problem: ich konnte nicht, und da war auch nichts. Heisenberg bekam seinen Kaviar nicht – wir vertagten uns.

Womit wir wieder bei meinem letzten Treffen mit Heisenberg angekommen sind. Ich entschuldige mich für mein Abschweifen, aber ohne diesen Hintergrund versteht man nicht, was nun geschieht. Ich habe ihm kräftig eine gescheuert – doch er bleibt hartnäckig. „Wir gehen zusammen ins Bad. Dann zeig ich dir wie das geht", säuselt er. Ich spucke ihm ins Gesicht. „Du ekelst mich an. Du bist einfach nur widerlich." All dies hat Heisenberg detailliert mit mir besprochen. Genauso will er es haben. Ich soll mich zieren, ihn schlagen, ihn bespucken und beschimpfen – und schließlich dann doch nachgeben.

Nach längerem Hin und Her folge ich ihm also ins Bad. Er lässt Wasser ins Waschbecken ein, kramt eine Analpumpe hervor. Sie wird mit Wasser gefüllt, in meinen Hintern eingeführt und dort entleert. Was bei dieser Spülung alles rausläuft, fängt er mit einer Schüssel wieder auf. Ich erspare Ihnen eine genaue Beschreibung. Interessant ist vielleicht aber, dass er schon vor meinem Kommen einen Grießbrei vorbereitet hat, in den er nun diese „Suppe" einrührt. Ich uriniere in das Weißbierglas, und Heisenberg hat sich seinen Traum erfüllt: ich sitze neben ihm, schaue ihm zu, wie er isst und trinkt. Sekt und Kaviar. Ich tue so, als sei gar nichts dabei. Sein Schwanz wippt vor Erregung auf und ab.

DAS GEHEIME TAGEBUCH

Entschuldigen Sie, wenn ich Sie gleich mit der ersten Geschichte etwas geschockt haben sollte. Ich wollte es Ihnen und mir nicht zu leicht machen. Natürlich geht es im Alltag einer Hure nicht immer so nett und brav zu wie bei „Pretty Woman".

Ich will den Job nicht verklären oder einfacher darstellen als er ist. Heisenberg gehört schon mit zu den schwierigsten Kunden, und ich wollte zu Beginn gleich klarstellen, dass ich auch solche Jobs übernehme. Warum - das habe ich versucht in der Geschichte zu erklären, und ich werde es auch im weiteren Verlauf immer wieder tun.

Vielleicht lässt sich meine Faszination am ehesten nachvollziehen, wenn Sie die TV-Serie „Secret Diary of a Call Girl" kennen. Die ist schon ein paar Jahre alt, aber mich hat sie damals sehr beeindruckt, und vielleicht ist mir deshalb auch der Einstieg ins „Gewerbe" nicht so schwer gefallen.

Die Serie hat einen spannenden Hintergrund. 2003 begann ein Londoner Callgirl in einem Blog von ihren Erlebnissen zu berichten. Sie nannte sich „Belle de Jour" – nach einem Spielfilm des spanischen Regisseurs Luis Bunuel aus dem Jahr 1967. Darin spielt Catherine Deneuve eine attraktive, bürgerliche Frau, die in ihrer Ehe ihre Sexualität nicht ausleben kann. Unter dem Namen „Belle de Jour" („Schöne des Tages") beginnt sie tagsüber in einem Bordell zu arbeiten – abends kehrt sie nach Hause zu ihrem Mann zurück, der nichts von ihrer heimlichen Leidenschaft erfährt. Das Ganze nimmt ein höchst dramatisches Ende – doch interessant und skandalös war damals natürlich die befreite und selbst bestimmte Sexualität einer verheirateten Frau. Schauen Sie sich den Film an – er hat nichts von seiner Wucht verloren. Ich war völlig überrascht, wie frei und unverklemmt damals im Kino erzählt wurde. Wie peinlich und verdruckst wirken da im Vergleich moderne amerikanische Streifen wie „50 Shades of Grey".

Aber zurück zu unserem Londoner Callgirl. Der Blog „Belle de Jour" gewann sehr schnell an Bekanntheit. Er war humorvoll geschrieben, enthielt einige schräge Sexszenen und entsprach so gar nicht dem Klischee der ausgebeuteten Prostituierten, die das Geld zum Überleben braucht. Alles klang nach einer gebildeten, jungen Frau mit Witz, die sich für ihren Job nicht schämte – sondern ihn vielmehr spannend, einträglich, lustig und manchmal auch durchaus lustvoll fand.

Das rief schnell zahllose Kritiker auf den Plan. Man sprach von Verharmlosung und Unkenntnis. Angezweifelt wurde sogleich die Authentizität der Blog-Einträge – die seien frei erfunden, hieß es, und vermutlich sei der Autor keine Frau, sondern in Wirklichkeit ein sexbesessener, alter Mann mit Hornbrille, der hier seine Fantasien auslebe.

„Belle de Jour" erhielt trotzdem einen Preis für den bestgeschriebenen Blog Englands, und die gesammelten Einträge wurden als Buch zum Bestseller. Als dann schließlich auch noch eine Verfilmung anstand, ging die Autorin in die Öffentlichkeit. Für die Presse in England war es wie eine Bombe. Über sechs Jahre war gemutmaßt worden, wer hinter dem Blog stecke. Alle möglichen prominenten Personen – vor allem Journalisten – waren in Verdacht geraten. Die Identität von „Belle de Jour" galt lange Zeit als das bestgehütete Geheimnis Großbritanniens. Die „Times" beauftragte sogar einen Sprachwissenschaftler, der aufgrund von Formulierungen und Stileigenheiten auf den wahren Verfasser schließen sollte. Nicht einmal der Literaturagent, der mit der ominösen Autorin zusammen arbeitete, hatte direkten Kontakt.

2009 stand es dann groß in der „Sunday Times". „Belle de Jour" war tatsächlich eine Frau: Brooke Magnanti, attraktiv, 34 Jahre alt, geboren in Florida. In England hatte sie forensische Pathologie studiert, in London schrieb sie an ihrer Dissertation. Um ihren Lebensunterhalt zu finanzieren, heuerte sie bei einer Escort-Agentur an. 14 Monate arbeitete sie immer mal wieder als Callgirl. Nebenbei schrieb sie an ihrer Arbeit und verdiente sich auch als Programmiererin etwas dazu. Später erzählte sie, dass sie in ihrer Zeit als Escort keine schlechten Erfahrungen mit Männern gemacht habe – sie sei weder geschlagen oder vergewaltigt noch von Zuhältern bedroht worden. Der Job als Callgirl sei für sie sogar erfüllender gewesen als ihre Arbeit als Programmiererin. Was für eine Provokation.

Natürlich stürzten sich die Journalisten auf Magnantis Geschichte und wühlten in ihrem Leben. Irgendwo musste es doch einen Defekt geben – warum war diese Frau ein Callgirl geworden? Und tatsächlich wurde die Presse – nach eigener Meinung jedenfalls – fündig. Die Eltern hatten sich nach über zwanzig Jahren Ehe getrennt. Der Vater frequentierte Huren, war mit einigen befreundet und lebte wohl auch ab und zu mit Prostituierten zusammen. Tochter Brooke wusste davon und lernte die Partnerinnen des Vaters auch kennen. Zu dieser Zeit sprach sie sich in einem Leserbrief für die Legalisierung der Prostitution in Florida aus.

Vielen Kritikern reichte das. Ehe der Eltern kaputt. Vater hurt rum. Kind bekommt Trauma. Da war die Welt wieder in Ordnung. Dabei lässt sich das Ganze auch anders interpretieren: im Gegensatz zu vielen anderen lernte Brooke Magnanti Huren persönlich kennen. Sie erfuhr über Prostitution mehr als jeder durchschnittliche Amerikaner. Vielleicht fiel ihr der Schritt zum Callgirl auch deshalb nicht so schwer, weil sie erstaunlich viel darüber wusste. Und wenn man dann noch berücksichtigt, dass Brooke bereits erwachsen war, als die Eltern sich trennten, dann zieht das Argument der Traumatisierung nicht mehr so richtig. Die Öffentlichkeit muss vielleicht damit klar kommen, dass es zumindest eine gebildete, attraktive Frau gibt, die freiwillig und gern als Hure gearbeitet hat.

Die Fernsehserie „Secret Diary of a Call Girl" basierte auf den Erlebnissen von Brooke Magnanti, verarbeitete sie aber zu unterhaltsamen und massenkompatiblen Geschichten und erfand eine ganze Menge dazu. Der Kerngedanke blieb jedoch erhalten: die Heldin der

Geschichte, Belle, verrichtet ihren Job als Callgirl gewissenhaft, diskret, mit Freude und viel Humor. Sie ist eine Kunstfigur, die Geschichten sind zugespitzt – ganz klar – und doch hat mir die Serie immer gefallen. Schon vor meiner Zeit als Freudenmädchen. Wie selbstbewusst Belle im Film unterwegs ist, was sie alles erlebt, und wie sie selbst mit den schrägsten Kunden umgeht – das hat mich gleich fasziniert.

Sie nimmt die Männer und ihre Wünsche ernst. Sie geht auf Fantasien und Vorstellungen ein, sie macht sich liebevoll zurecht, und sie hat auch keine Angst davor „derangiert" zu werden. Eine meiner Lieblingsszenen (für Interessierte: Staffel 3, Film 4) ist dem sogenannten „Sploshing" gewidmet – einem Fetisch, der nicht sonderlich verbreitet ist, und der sicher auch nicht jedem liegt. Bei Wikipedia findet man nur auf Englisch einen Eintrag (was sicher viel über die Engländer aussagt). Demnach wird „Sploshing" dem WAM-Fetischismus zugerechnet. WAM steht für „wet and messy" – nass und schmutzig.

Belle hat sich in der entsprechenden Folge für das Treffen schick gemacht. Sie trägt ein hübsches Kleid aus den sechziger Jahren, sie hat dezentes Makeup aufgelegt und ihre Haare im Stil der Zeit frisiert. Ihr Kunde kommt ebenfalls stilvoll im Anzug mit Krawatte. Dann gehen sie gemeinsam in die Küche. Die ist bereits vollständig mit Folien ausgekleidet. Hier stehen diverse Puddings, Soßen und Torten bereit, und das Sploshing kann beginnen. Sie schmieren sich gegenseitig ein und bewerfen sich mit den Torten. Für Belle ist es das erste

Mal, und der Kunde merkt schnell, dass sie das Ganze nicht wirklich genießen kann. Tatsächlich rutscht sie aus, bekommt Sahne in die Augen und fühlt sich ziemlich unwohl. Die beiden brechen ihr Vorhaben ab. Doch Belles Ehrgeiz ist gepackt. Am Ende der Folge startet sie einen neuen Versuch. Ihr ist es wichtig, dass sie auch Kunden mit außergewöhnlichen Wünschen zufrieden stellen kann. Und diesmal sauen sie sich so richtig schön ein, haben großen Spaß dabei und einfach wunderbaren Sex. Fantastisch, nicht?

Belle erlebt man in der TV-Serie als Frau mit zwei Seiten. Im „normalen Leben" heißt sie Hannah und gibt vor, in einer Anwaltskanzlei als Sekretärin zu arbeiten. Ihre Bekannten und Freunde sollen von Belle, dem Callgirl, nichts erfahren. Hannah kleidet sich dezent und leger – Belle dagegen ist extrovertiert. Sie liebt es, sich für Dates mit Kunden zu stylen. Sie mag es, in teure Restaurants und Clubs ausgeführt zu werden, und sie genießt die Komplimente und die Aufmerksamkeit der Männer. Belle mag Sex und Geld – in ihrem Job kommt sie zu beidem.

Ich will mich nicht mit Hannah, Belle oder Brooke Magnanti vergleichen. Belle ist nun einmal eine überzeichnete Filmfigur und Brooke Magnanti eine höchst talentierte Schriftstellerin, die ich sehr bewundere. Aber natürlich laden die Geschichten der Serie und die Erlebnisse der Autorin ein, nach Parallelen, Ähnlichkeiten oder Unterschieden zu suchen. Was hat mich zum Freudenmädchen gemacht?

MEIN ERSTER SEX

Wenn Sie aufmerksam das Inhaltsverzeichnis mit den Überschriften studiert haben, dann ist Ihnen vermutlich schon aufgefallen, dass ich da unterscheide zwischen: „Mein erster Sex" und „Mein erstes Mal". Das liegt daran, dass mein erster Sex nicht mit einem Mann stattfand. Es war meine beste Freundin. Wir waren wohl beide so etwa zwölf oder dreizehn Jahre alt und entdeckten gemeinsam unseren Körper. Im Unterricht hatten wir eben erst an recht nüchternen Schaubildern studiert, was beim Sex passiert. Im Internet bildeten wir uns weiter – auf Ratgeber- und Porno-Seiten. Die Sex-Filme machten mich nicht sonderlich an – sie weckten allerdings meine Neugier. Warum stöhnten diese Frauen so lustvoll? Da musste mehr sein, als uns die Lehrerin anhand von Querschnitten erklärt hatte.

Meine Freundin Lisa war ebenso neugierig wie ich. Nachmittags hingen wir oft zusammen rum. Unsere Eltern arbeiteten tagsüber, also probierten wir kichernd aneinander aus, was wir in den Videos so gesehen hatten. Wir legten uns nackt aufs Bett, küssten uns, untersuchten gegenseitig unsere Muschi, rubbelten daran herum – und ja, wir leckten uns auch gegenseitig. Es war irgendwie aufregend, aber es war nicht so, dass wir uns täglich gegenseitig zum Orgasmus getrieben hätten. Wir entdeckten unseren Körper, und wir konnten miteinander darüber reden – auch wenn wir unheimlich viel rumalberten dabei.

An einem Nachmittag überraschte mich Lisa mit etwas Neuem: ein metallischer, golden glänzender Vibrator. Den hatte ihre Mutter irgendwo versteckt – und Lisa hatte ihn gefunden. Erst lachten wir uns halb tot – schalteten das Ding ein und wieder aus. Und bei jedem Brummen schmissen wir uns vor Lachen aufs Bett. Aber wir probierten das Teil auch aus. Und ich muss sagen, ich spürte dabei erstmals richtige, sexuelle Erregung. Lisa spielte mit dem Teil an meiner Muschi, ließ das summende, vibrierende Etwas über meine Schamlippen gleiten hinauf zur Klitoris und tiefer zum Eingang meiner Vagina. Ich wurde stiller und stöhnte leise. Lisa merkte, dass etwas anders war, und sie ging auf mich ein. Sie alberte nicht mehr herum – auch sie verstummte und konzentrierte sich auf das Geschehen.

Ich dachte nichts, ich spürte einfach nur. Ich fühlte dieses wohlige Kribbeln, diese Schübe von Wärme und eine bisher ungekannte Lust. Lisa verstand das offenbar. Sie muss ein sehr sensibles Mädchen gewesen sein. Denn alles, was sie mit dem Vibrator anstellte, steigerte meine Lust. Und sie hörte nicht auf. Sie leckte meine Muschi zärtlich, so dass der Vibrator schön über die Schamlippen glitt. Dabei drang sie langsam in meine Vagina vor, die inzwischen ebenfalls feucht geworden war. Es war das erste Mal, dass ich etwas in mir spürte, und es fühlte sich ganz wunderbar an. Der Vibrator war recht schmal und klein. Er füllte mich gut aus, ohne weh zu tun. Mit kreisenden und leicht stoßenden Bewegungen drang Lisa weiter in mich ein. Ich spürte einen Widerstand, ein schmerzhaftes Ziehen und ahnte gleich, was passiert war. Geschockt richtete ich mich auf. Lisa zog sogleich den Vibrator aus mir heraus. Er war blutig. Meine Freundin hatte mich tatsächlich entjungfert.

Wir erholten uns relativ schnell von dem Schreck. Ich war Lisa nicht böse. Schließlich war es insgesamt ein sehr schönes Erlebnis gewesen, und sie war wirklich sehr achtsam mit mir umgegangen. Trotzdem war Lisa etwas verstört nach diesem Ereignis. Auch für sie war dies offenbar eine lustvolle Erfahrung gewesen. Sie fragte sich allen Ernstes, ob sie lesbisch sei – und ob sie vielleicht niemals einen Mann und eine Familie haben würde. Ich machte mir da keine großen Sorgen. Obwohl ich unsere Zärtlichkeiten sehr genoss, war in mir immer auch die Lust auf Männer. Ich wollte echte Schwänze in mir spüren. Für mich war dies ein Abenteuer. Ein erster Aufbruch in eine aufregende Welt. Und ich ahnte, dass da noch viel zu entdecken wäre...

TONY - entfesselte Lust

Ein heruntergekommener Hinterhof im Berliner Südosten. Ich bin mit Tony verabredet. Wir kennen uns. Dreimal haben wir uns bisher getroffen. Sonst hätte ich ihm niemals für diesen Termin zugesagt. Tony gehört zu den Männern, die von einem Fetisch geradezu besessen sind. Wie stark diese Obsession ist, merke ich immer daran, dass diese Männer sich mir nur langsam offenbaren. Es scheint ihre verwundbarste Stelle zu sein. Es ist das innigste Verlangen, das hier zutage tritt – dessen Ursache sie sich selbst nicht erklären können. So hart sie auch sonst sein mögen – eine falsche Bemerkung, ein spöttisches Lächeln von mir, und sie wären zutiefst getroffen.

Ich betrete den Raum, in den Tony mich eingeladen hat. Er ist schon da. Er hat alles vorbereitet. Das „Spielzimmer" hat er es am Telefon genannt. Ich hörte das leichte Zittern in seiner Stimme. Ich weiß nicht warum, aber Tony zittert, wenn er erregt ist. Auch seine Hände zittern dann. Er versucht es zu überspielen, und ich tue so als sei nichts.

Auch jetzt zittern seine Finger ein wenig. Er hat einen runden Halsreif aus Edelstahl in der Hand. Vorne ist er mit einem schweren Ring versehen. Tony legt mir den kalten Stahlring an und verschraubt den Verschluss. Dann zeigt er mir sein „Spielzimmer". Links ein eiserner Käfig – groß genug, um einen knienden Menschen einzusperren. An der Wand ein Pranger mit Ketten. An der Decke befinden sich mehrere schwere Haken und Ringe

– um dort irgendwas oder irgendwen zu befestigen. Auch ein schweres Ledergeschirr hängt von der Decke herab. Von dem Raum gehen zwei weitere Zimmer ab. Im ersten: rote Wände mit großen Spiegeln, ein riesiges stählernes Bett mit einer schwarzen Latexmatratze. Im zweiten Zimmer: helles Licht, weiße Wände – in der Mitte ein gynäkologischer Untersuchungsstuhl.

Dann fällt mein Blick auf das Regal an der Seite. Aufgereiht liegen dort Tonys gesammelte Folterwerkzeuge: unterschiedlichste stählerne Fesseln für Hals, Hände und Füße. Diverse Ketten, Nippelklemmen und Werkzeuge, denen ich nicht sofort eine bestimmte Funktion zuordnen kann.

Ich mache mir so meine Gedanken. Tony ist bisher immer sehr respektvoll und zuvorkommend gewesen. Ich hatte bisher keine Neigung zu Gewalt bei ihm erkennen können. Aber wie wird er reagieren, wenn ich wehrlos bin? Wenn ich erst einmal gefesselt in Ketten an der Decke hänge? Kann es sein, dass er sich dann vergisst – und ich keine Chance habe, ihn zu stoppen?

Ich habe bisher keine Erfahrung als Sklavin. Das Devote liegt mir nicht sonderlich. Zwar finde ich leichte Schläge auf den Hintern manchmal durchaus erregend – doch im Prinzip bereiten mir Schmerzen keine Lust, und auch auf Erniedrigung stehe ich überhaupt nicht. Ich habe Tony für diesen Termin zugesagt, weil er Fetisch-Fotos schießen will. Er zahlt einen guten Preis, dafür darf er mich mit Maske ablichten. Mir ist klar, dass wir dabei Sex haben werden – aber Folter steht nicht in unserem ungeschriebenen Vertrag.

Ganz kurz schießt mir der Gedanke durch den Kopf, ob ich wieder gehen soll. Ich habe mit Kunden noch keine wirklich gefährlichen Situationen erlebt. Obwohl ich meist allein unterwegs bin. Ich vertraue auf mein Bauchgefühl. Wenn mir ein Mann komisch vorkommt – wenn er am Telefon irgendwie seltsam klingt, dann sage ich höflich ab. Ich habe auch schon Kunden abgewiesen, wenn sie mir gegenüberstanden. Bisher ist mir nie etwas geschehen, und ich glaube, es liegt daran, dass ich wachsam bin und ein feines Gespür für Menschen habe. Warum ich bei Tony bleibe, ist nur zu verstehen, wenn man die Vorgeschichte von uns Beiden kennt.

Ich lerne ihn kennen über ein Internetportal, in dem ich inseriert habe. Er schreibt freundlich und höflich und fragt nach einem Treffen. Kein Feilschen über den Preis - keine endlosen Mails, in denen Dienste und Leistungen abgefragt werden. Viele scheinen sich allein dabei schon einen runter zu holen. Tony geht es klüger an. Vermutlich, weil er ein klares Ziel hat – und weil seine Strategie langfristig angelegt ist. Das habe ich aber erst später verstanden.

Tony ist bei unserem ersten Treffen ein unauffälliger, angenehmer Kunde. Er meldet sich nur kurz, um seinen Termin zu bestätigen. Er ist pünktlich, höflich und sauber. Er zahlt ungefragt zu Anfang – und er lässt sich Zeit. Ich mag es nicht, wenn die Männer von der ersten bis zur letzten Minute Leistung sehen wollen. Tony ist anders. Er hat einen guten Rotwein mitgebracht, und obwohl ich normalerweise nicht trinke, stoße ich mit ihm an. Es ist der Moment, in dem ich ihn Tony taufe.

Wie Mafiaboss Tony Soprano ist er korpulent, das Haar spärlich, Mitte 40, verheiratet, zwei Kinder (vermutlich). Er ist Chef einer eigenen, kleinen (ich hoffe doch mal legalen) Firma. Er hat einen wachen Blick – und wirkt nicht wie ein arroganter Anzugträger. Ich kann mich gut mit ihm unterhalten. Er erzählt nicht nur von sich (das ist selten) – er scheint sich auch für mich zu interessieren. Schließlich muss ich sogar die Initiative ergreifen, damit wir die Zeit nicht verquatschen. Er wirkt fast ein bisschen schüchtern. Und ich mag, dass er sich nicht einfach nimmt, was er will. Er fragt, ob er mich lecken darf, ob er einen Finger in meine Muschi stecken darf, ob ich Lust habe, ihm einen zu blasen. Er möchte, dass ich ihn reite. Auch das eine gute Idee – weil ich nicht gern unter schweren Männern liege. Ich bekomme bei Tony nicht gerade einen Orgasmus, aber es ist entspannter Sex. Keine Auffälligkeiten. Nach unserem Treffen schickt er noch eine kurze Nachricht, wie gut es ihm gefallen hat. Süß.

Zwei Wochen später meldet er sich wieder. Diesmal bringt er mir etwas mit. Er war einkaufen in einem Laden für Modeschmuck. Nichts Teures. Diverse Armreifen: schwere breite – und schmale kleine. Er fragt, ob es mir etwas ausmachen würde, die zu tragen. Ich spüre die Erregung bei seiner Frage. Ich muss (innerlich) ein bisschen schmunzeln. Ich habe schon schmutzigere Wünsche erlebt. Ich streife einige der schmalen Armreifen über. Es klimpert lustig. Wir reden wieder viel – ich erzähle ihm von einem Foto-Shooting, das ich mit einem Kunden gemacht habe. Er hört interessiert zu. Ansonsten gestaltet sich das Treffen ähnlich wie letztes Mal. Tony ist nett und unkompliziert. Am Ende meint er, er würde gerne mal mit mir Essen gehen. Ein Escort-Job. Warum nicht?

Wenige Wochen darauf fragt Tony erneut nach einem Termin. Er will mich zum Italiener einladen und anschließend von mir in meiner Wohnung erotische Fotos schießen. Ob ich mir vorstellen könnte, in Handschellen fotografiert zu werden, schiebt er hinterher. Ich sage zu. Am Tag vor unserem Treffen schickt er mir eine Nachricht – ob ich ihm eine große Bitte erfüllen könne: Ich solle doch bereits zum Essen die Armreifen tragen – und zwar die breiten, schweren. Mir wird langsam klar, dass es was Ernstes ist mit diesem Fetisch.

Als ich ins Restaurant komme ist er schon da. Ich sehe gleich: er ist begeistert. Ich habe mir aber auch Mühe gegeben. Ich trage ein enges Kleid, das noch gerade so als angemessen gelten kann. Ich habe mich etwas mehr als dezent geschminkt. Und ich trage an beiden Armen die schweren, breiten Edelstahlspangen. Mein kleiner Auftritt gefällt mir. Die Gäste schauen. Männerblicke bleiben an mir hängen. Frauen stellen entnervt fest, dass ihr Partner abgelenkt ist.

Der italienische Kellner ist überfreundlich. Ihm gefalle ich offenbar auch. Tony ist hin und weg. Er gibt sich redlich Mühe, mir beim Gespräch in die Augen zu schauen. Immer wieder gleitet sein Blick über meinen Körper. Zu den Armreifen. Er erzählt mir, dass es nicht viele Menschen mit diesem Fetisch gebe. Vor ein paar Jahren habe ein Amerikaner einen entsprechenden Foto-Blog geführt mit dem Titel „girls wearing bracelets". Aber da sei es um Armreifen jeder Art gegangen. Er stehe nun mal nur auf breite Silberne. Und auf Handschellen.

Davon kann ich mich bei unserem anschließenden Shooting überzeugen. Er macht von mir Bilder in unterschiedlichen Posen. Und ich spiele gerne mit. Es erregt ihn, wenn ich so tue, als ob die Fesseln meine Lust wecken. Ich versuche in Handschellen meine Muschi und meine Brüste zu streicheln. Sein Schwanz wird steif. Ich nehme ihn in meine gefesselten Hände und massiere ihn langsam. Dabei achte ich darauf, dass der Stahl der Fesseln seine Eichel streift. Er stöhnt auf. Der Sex ist leidenschaftlicher als sonst. Er genießt es spürbar. Es macht auch mir Spaß – wenn ich merke, dass ich die richtigen Knöpfe drücke. Ich nehme seinen Schwanz in den Mund und lasse die Handschellen leise klirren. Schließlich reite ich ihn zum Orgasmus. Ich spüre, wie sich die Spannung in ihm aufbaut bis es kein Zurück mehr gibt.

Eine Weile liegen wir so da. Er streichelt mich zärtlich und bedankt sich leise. Ich spüre, dass es nicht so dahin gesagt ist. Was ich nicht ahne: dass es noch nicht das Ende der „Operation Fetisch" ist.

Der nächste Anruf von Tony führt mich hierher – in dieses Neuköllner Folterkabinett. Und ich frage mich, was eigentlich tatsächlich sein Fetisch ist. Dass ich diese Fesseln trage? Dass er mit mir Sex hat, wenn ich sie trage? Oder geht es ihm eigentlich um meine Bewegungsunfähigkeit? Gefällt es ihm, wenn ich ihm ausgeliefert bin? Und hat er ganz tief in sich Vergewaltigungs- und Gewaltphantasien?

Ich vertraue meinem Bauchgefühl, dass mich bisher nie im Stich gelassen hat. Und meiner Fähigkeit, Situationen und Stimmungen zu steuern. Über Jahre habe ich gelernt, deutlich zu machen, was ich mag – und was ich auf keinen Fall zulassen werde. Ich kann auch im laufenden Sex-Spiel Männer stoppen, wenn sie zu weit gehen. Ich traue mir zu, Tony unter Kontrolle zu halten – selbst wenn ich für ihn die Sklavin gebe.

Und tatsächlich wird es ein netter und überhaupt nicht bedrohlicher Abend. Drei Stunden lang testen wir alles aus, was in den Zimmern so herumsteht und -hängt. Tony macht unzählige Fotos von mir: in Ketten am Pranger, an der Decke baumelnd, mit Knebel im Mund und mit Augenbinde, nackt und in Dessous an das Bett gefesselt. Ich pose gern und halte ihn auf Trab. Es gefällt ihm so, dass ihm seine Hose schnell zu eng wird. Mein Fotograf steht also bald weitgehend nackt vor mir. Sein T-Shirt hat er anbehalten – ich glaube, er schämt sich ein bisschen für seinen Bauch. Unter dem

Shirt ragt sein steifer Schwanz hervor. Tony ist so erregt, dass ich am Pranger stehend zusehen kann, wie einige Lusttropfen von der Eichel auf den Boden fallen.

Ich reize ihn weiter. Lege mich in das Ledergeschirr, spreize die Beine und reibe meine Muschi. Dabei trage ich stählerne Hals-, Hand- und Fußfesseln. In Hüfthöhe hänge ich so vor ihm. Er muss nur noch eindringen. Schnell noch ein Kondom übergestülpt - dann lasse ich mich in der Lederschaukel vögeln bis er zum ersten Mal an diesem Abend kommt.

Tony ist (wie viele Männer) nicht gerade ein Sexgott. Ihn bei einem Treffen zu einem zweiten Orgasmus zu bringen, kann eine Weile dauern. Heute haben wir drei Stunden Zeit, da kann er sich zwischendurch ein bisschen erholen. Um ihn wieder in Stimmung zu bringen, pose ich wieder für ihn mit den verschiedensten Utensilien. Das funktioniert gut. Er besteht nicht auf Sachen, die mir zu heftig sind: die Nippelklemmen tun sauweh, und ich ertrage sie nur wenige Sekunden. Keine Ahnung wie das jemand aushält – geschweige denn luststeigernd finden kann.

Nach einiger Zeit kommt wieder Leben in Tonys Schwanz. Ich lutsche ihn und massiere ihn mit den Händen. Es dauert. Nicht aufgeben heißt die Devise. Wie beim Marathon muss man einfach dranbleiben. Durchhalten bis zum Ziel. Tony greift ein. Vielleicht ist es ihm unangenehm, dass er solange braucht. Jedenfalls beginnt er geübt zu wichsen. Er schaut mich an, und ich sehe ihm interessiert zu. Immer noch trage ich seine stählernen Fesseln. Ich berühre zärtlich meinen Körper. Die Ketten klirren leise. Ich lasse die stählernen Glieder langsam zwischen meinen Schamlippen hin- und hergleiten. Es macht ihn ganz offensichtlich an. Er kommt zum zweiten Mal.

Die Zeit ist fast um. Wir duschen noch entspannt zusammen, dann ziehe ich mich an. Draußen ist es stockfinster. Ganz ein Gentleman bietet Tony mir an, mich zum Auto zu begleiten. Eigentlich kein schlechter Gedanke bei der Gegend hier. Aber ich bin auch ganz froh, wenn ich wieder alleine sein kann. Ich bin ziemlich erledigt. Tony wird noch das Spielzimmer aufräumen. Mit einem Küsschen auf seine Wange verschwinde ich in der Nacht. Es dauert nicht lange und mein Handy vibriert. Es wird Tony sein, der sich bedankt für den Abend. Ich schaue nicht drauf. Jetzt hab ich frei. Ich lasse mir bei einem Laden an der Ecke einen großen Salat einpacken und fahre nach Hause. Im Bett schaue ich mir zwei Folgen „Homeland" an, mampfe dabei das Grünzeug, und fühle mich rundum wohl.

Tony ist übrigens einer von den Kunden, die mich immer aufgefordert haben, ein Buch zu schreiben. Er mag es, wenn ich von anderen Kunden erzähle – von ungewöhnlichen Begegnungen und sexuellen Erlebnissen. Also hab ich ihn kürzlich einfach mal gebeten aufzuschreiben, wie _er_ unser letztes Treffen erlebt hat. Ich schwöre bei meinen beiden Großmüttern, die mir absolut heilig sind, dass ich diesen Text eins zu eins übernommen habe. Ich habe nichts verändert, nichts geschönt – im Gegenteil: ich habe Tony eindringlich gebeten ehrlich zu sein und sich nicht bei mir einzuschleimen. Hier sein Bericht (kleiner Hinweis: ich nannte mich damals „Belle". Sie wissen schon warum...):

„Liebe Belle,

hier meine Hausaufgabe! Von mir aus kannst Du das auch in Deinem Buch bringen, falls Du es wirklich jemals schreiben solltest!

Okay, lieber Leser. Sie können mir glauben: das passiert mir das erste Mal. Dass mich nach bezahltem Sex eine Frau fragt, ob ich ihr mal aufschreiben mag, wie ich die Zeit mit ihr so erlebt habe. Eine lustige Idee für ein Buch – gerade im Vergleich mit ihrer Sicht der Dinge. Auch wenn sie dabei sicher besser abschneidet. Aber egal.

Vielleicht muss ich kurz ausholen. Ich habe das Profil von Belle in einem einschlägigen Internetportal entdeckt. Auf den Bildern gefiel sie mir auf Anhieb – eine schlanke, junge Frau mit langen, dunklen Haaren. Ein hübsches, sympathisches Gesicht und eine umwerfende Figur. Sie wirkte ganz natürlich auf mich. Ich mag nicht die nuttig gestylten Frauen, die im schlimmsten Fall mit ihren operierten Brüsten posieren wie in einem Pornofilm.

Ich habe schon einige Male Sex mit Prostituierten gehabt – und auch viele schlechte Erfahrungen gemacht. Da sind die einen, die ständig mehr Kohle aus dir rausholen wollen – auch wenn du mit ihnen schon zu Gange bist („wenn du jetzt noch fünfzig drauflegst, können wir es uns richtig schön machen"). Da sind die, die spürbar lustlos ihre Zeit abarbeiten. Oder die, die schon beim Blasen schummeln – die scheinbar mit dem Mund über dem Schwanz hängen, in Wirklichkeit aber nur mit den Händen massieren. Und auch das in einer Geschwindigkeit und Intensität, die klar macht, dass du so schnell wie möglich abspritzen sollst. Nach solchen Erlebnissen bin ich vorsichtiger geworden. Die Lektion war im Grunde: lieber genau hinschauen, lieber etwas mehr investieren, und dafür eine entspannte Zeit genießen. Tatsächlich habe ich auch ein paar sehr schöne Erfahrungen gehabt. Nette, sexy Frauen, die auf dich eingehen, sich Zeit lassen, mit denen du auch mal paar Worte reden kannst. Aber das ist selten.

Mit Belle war es etwas ganz Besonderes. Es fühlte sich zugleich vertraut und sexy an. Oft ist das Gespräch mit den Frauen holprig. Sie wollen nichts von sich erzählen oder haben einfach gar nichts zu erzählen. Mit Belle konnte man einfach plaudern. Und es hat mir gefallen, bei der Unterhaltung ihre natürliche Schönheit zu bewundern, ihre sexuelle Ausstrahlung zu spüren – und zu wissen, dass ich sie bald berühren werde. Dass ich sie ausziehen werde. Dass ich sie „haben" werde.

Hier muss ich auf einen kleinen Tick von mir zu sprechen kommen. Ich stehe auf Bondage (also Fesseln) – aber nicht auf die harten Sachen. Bei meinen Streifzügen im Netz bin ich auch auf die Folter-Seiten gestoßen. Da werden Frauen geritzt oder vernäht, gewürgt und brutal gevögelt. Das ist nicht mein Ding. Überhaupt nicht. Das ist abstoßend.

Ich weiß nicht, woher so eine Vorliebe kommt, und wie sich das entwickelt. Aber Fesselungen haben mich schon seit der Kindheit fasziniert. Ich erinnere mich, dass ich als Kind geradezu sexuelle Lust empfand, als ich beim Indianerspielen an einen Baum gebunden wurde. Ein Freund brachte dann einmal richtige Handschellen mit. Das Tragen des kalten Stahls löste bei mir eine ungekannte Erregung aus – obwohl ich von Selbstbefriedigung nichts wusste und dieses Gefühl von erotischer Lust auch noch gar nicht einordnen konnte.

Heute gibt es im Netz ja praktisch alles – und so bin ich nach und nach meinem Fetisch auf die Spur gekommen. Ich entdeckte die Seite meiner Träume – es war die erste, für die ich jemals bereit war etwas zu zahlen. Auf der Seite waren attraktive Frauen – hübsch geschminkt und frisiert – in stählernen Fesseln zu sehen. Sie waren nackt – bis auf ein Höschen oder einen Keuschheitsgürtel. Und meist war auf den Fotos und den Videos nichts weiter zu sehen, als dass sie selbst sich die Fesseln anlegten. Oder dass sie sich aus ihnen befreiten (was ihnen nicht immer gelang). Es ging nicht um Schmerzen, die Frauen wurden nicht von fiesen Typen gequält und auch nicht von Schwänzen oder Gegenständen penetriert. Man sah nicht mal ihre Möse. Diese wunderschönen Frauen trugen einfach nur mit Würde ihre stählernen Fesseln. Und das war das Geilste, was ich je gesehen hatte.

Über verschiedene Anbieter hatte ich mir diverse Ketten und Fesseln zugelegt. Es war allein schon erregend, diese hochglanzpolierten Teile in den Händen zu halten – das Rasseln der Ketten zu hören. Mit einer Frau hatte ich diese

Leidenschaft bisher nicht ausleben können. Ein paar Versuche hatte es mal gegeben – die Frauen lehnten das ab, fanden es schräg, doof, pervers oder albern. Bei Belle war das erstmals anders. Ich ahnte, sie könnte mich verstehen – und sie würde vielleicht darauf eingehen. Ich ließ mir Zeit. Sie sollte mir vertrauen können, dass ich kein Perverser war, der sie – einmal in Fesseln - gleich massakrieren würde.

Ich hatte gesehen, dass im Berliner Süden ein SM-Studio seine Räume vermietete – und ich fragte Belle, ob sie mit mir Fotos machen würde. Bondage-Bilder. Sie sagte zu. Die sieben Tage bis zu unserem Termin waren die reine Vorfreude. Ich besorgte weitere hübsche Utensilien – ein Kleid aus feinen Kettengliedern, das alles Wesentliche frei ließ. Und stellte mir vor, wie sie darin aussehen würde.

Unser Treffen war tatsächlich die Erfüllung meiner Träume. Ungelogen. Sie kam – ich legte sie in Ketten, und gemeinsam probierten wir alles aus, was sich in diesem Studio so befand. Ich fotografierte sie mit den verschiedensten Outfits, in den unterschiedlichsten Posen. Sie sah umwerfend sexy aus. Und wir konnten uns trotzdem unterhalten. Es war nicht peinlich. Für einige Fotos schmierte ich sie mit Gleitgel ein. Es war ein unglaubliches Gefühl. Sie spürte meine Erregung (na gut, die war auch nicht zu übersehen) – sie schmiegte sich an mich, und wie in einem engen Tanz rieben wir unsere nackten, glitschigen Körper aneinander. Es war unmöglich weiter zu fotografieren. Ich nahm sie auf der Lederschaukel.

Nach einer kleinen Pause ging unser Shooting weiter. Sie hatte echt Energie. Und sie wusste, welche Pose fürs

Bild funktionierte. Ich musste nicht viel tun. Sie war ein-
fach ein Naturtalent. Noch einmal brachte sie mich zum
Orgasmus. Es war der beste bezahlte Sex, den ich je hatte.

Liebe Belle, wir sehen uns wieder – ganz bestimmt.
Tony"

Hm, soweit sein Bericht. Ich kann nicht ganz ver-
hehlen, dass mir das schmeichelt. Dass dieser Abend für
ihn eine solche Bedeutung hatte, war für mich etwas
überraschend. Es hat mir aber gezeigt, was für eine
Macht so ein Fetisch über einen Menschen gewinnt.
Vor allem, wenn diese Leidenschaft nie richtig ausgelebt
werden kann.

MEIN ERSTES MAL

Ich war 16. Und wie viele meiner Freundinnen war ich in dem Alter genervt von meinen Eltern – die Sommerferien, so hatte ich mir geschworen, würde ich allein verbringen. Ich hatte gespart, Oma hatte mir was dazu gegeben. Und dann buchte ich den ersten Single-Urlaub meines Lebens. Eine Jugendreise. Mit dem Bus von Berlin bis nach Italien an die Adria – irgendwo in der Nähe von Rimini. Wir übernachteten auf einem Campingplatz. Das Programm war relativ einfach: morgens ausschlafen, tagsüber Strand, abends Party.

Ich hatte für diesen Urlaub keinen Flirt geplant. Ich hatte mir auch keineswegs vorgenommen, mit einem Jungen zu schlafen. Ich fühlte mich nicht unter Druck - im Gegenteil: erstmals hatte ich das Gefühl, frei zu sein. Nicht im Schlepptau von Eltern, die von morgens bis abends sagen, wo es lang geht – und die jeden Jungen kommentieren, der mir einen Blick zuwirft. Das war überhaupt eines ihrer Lieblingsthemen: ich und die Jungs. Manchmal denke ich, dass sie so viel über mich und die Liebe sprachen, weil zwischen ihnen nicht mehr viel war. Über ihre Gefühle zueinander redeten sie nie – über meine dafür umso mehr.

Verliebt war ich bis dahin noch nie. Es gab kleinere Schwärmereien – aber im Gegensatz zu meinen Klassenkameradinnen betete ich keine Jungs an. Manche Mädchen hatten kaum ein anderes Thema: wie süß der und der ist, wie cool, und heute hat er mir zugelächelt und so weiter. Kindisch. Jungs aus meiner eigenen Klasse fand ich immer uninteressant. Ältere Jungs aus der Schule gefielen mir, aber ich war nicht verliebt. Tatsächlich gefiel es mir viel mehr, die „Coole" zu sein, die eigentlich keinen Kerl braucht. Ich hatte bemerkt, dass ich auf Jungs eine gewisse Anziehungskraft ausübte. Das war nicht schwer. Jungs in der Pubertät sind nicht sonderlich kompliziert. Ziehst du dich ein bisschen sexy an, dann starren sie dich stumm und hilflos an.

Ich war froh ein Mädchen zu sein. Als Junge in der Pubertät – das war in meinen Augen der pure Horror. Schlaksig, verpickelt und schwitzend beobachteten sie die hübschen Mädchen, die sich überhaupt nicht für sie interessierten. Ich spielte gern mit der Aufmerksamkeit von Jungen und Männern. Und ich hatte ein gutes Gefühl dafür, was ankam. Sie einerseits zu reizen, ihnen aber andererseits nichts zuzugestehen, das bereitete mir großes Vergnügen. Da waren durchaus ein paar ältere, nette Jungs, die sich um mich bemühten. Aber irgendwie fand ich es cooler, Körbe zu verteilen. Dass Lisa und ich „was miteinander hatten" – das ging schnell als Gerücht umher. Andere Mädchen, die uns zu aufreizend und „nuttig" fanden, glaubten damit gegen uns hetzen zu können. Tatsächlich befeuerten diese Legenden die Fantasie der Jungs nur noch mehr. Auch meine Freundin war eine richtig Hübsche. Die Vorstellung, wie wir uns lustvoll aneinander vergingen, dürfte unsere pubertierenden Klassenkameraden geradezu in den Wahnsinn getrieben haben.

So fuhr ich also erstmals allein in die Ferien: mit dem Bewusstsein, sexy zu sein – und mit der großen

Lust, meine Wirkung auf Männer auszuprobieren. Mit den Reaktionen der jungen Italiener konnte ich nicht so gut umgehen. Dieses machohafte Anmachen jedes weiblichen Wesens, das da des Weges kam, fand ich eher abstoßend. Sicher waren da ein paar hübsche Kerle dabei. Aber es machte keinen Spaß mit ihnen zu spielen.

Nach ein paar Tagen hatte ich ein Auge auf einen coolen Typen aus unserer Reisegruppe geworfen. Deutlich älter als ich – also vielleicht 19 oder 20, und er schien von mir kaum Notiz zu nehmen. Das reizte mich. Vielleicht muss ich hier erwähnen, dass aus der Rückschau mich das Ganze natürlich nicht überrascht. Auch der „Coole" zieht so seine Masche durch – und weiß, dass er mit seinem scheinbaren Desinteresse gerade für Aufmerksamkeit sorgt. Es lief also alles nach Plan. Ich nahm mir vor mit ihm rumzuknutschen – und das gelang mir auch ziemlich bald. Abends war meist Party in einem Club angesagt – da tanzten wir zusammen. Erst einfach so – nebeneinander. Schließlich berührten wir uns, und irgendwann pressten wir uns aneinander und küssten uns endlos.

Etwas unromantisch ging es mit dem Bus und der Gruppe am Abend wieder zum Campingplatz, auf dem wir zelteten. Auf der hintersten Sitzreihe knutschten wir weiter. Seine Hand rutschte unter mein Shirt, und ich spürte seinen harten Schwanz durch seine Hose. Ich fand das geil, um es mal so plump zu sagen wie es war. Im Bus entschied ich, dass ich mit diesem Jungen mein erstes Mal erleben wollte. Als wir ankamen, flüsterte ich ihm den Klassiker ins Ohr: „Zu dir oder zu mir?"

Natürlich war er scharf auf mich. Wir verschwanden in seinem Zelt und begannen wieder wild zu knutschen. Er zog mich aus, und auch ich nestelte etwas unbeholfen an seiner Hose rum. Dabei stellte ich etwas naiv die Frage:

„Und – hast du Kondome?"

Er: „Äh, nee."

Ich: „Ups."

Er: „Nimmst du keine Pille?"

Ich: „Nee."

Er: „Och nee. Scheiße."

Pause. Nachdenken.

Er: „Und wenn ich ihn vorher rausziehe?"

Ich: „Vergiss es!"

Nachdenken. Seufzen. Hose hochziehen. Gürtelschnallen-Klackern.

Mein Beinahe-Geliebter verließ das Zelt. Kurzzeitig fragte ich mich, ob es das war. Dann hörte ich ihn durch die dünne Zeltplane hindurch: „Hey, habt ihr vielleicht Kondome?" Ich konnte es nicht fassen. Jetzt fragte er hier auf dem Zeltplatz rum. Ich hörte Gelächter. Offenbar schämte sich der Junge für gar nichts. Es dauerte nicht lange, dann tauchte er wieder auf - und lachte. Er fand's lustig. Das fand ich dann doch wiederum ziemlich cool, wie er mit der Situation umgegangen war, in der andere vermutlich vor Scham in der Erde versunken wären. Wir schmusten also erneut, knutschten und dann war es endlich soweit. Ich hatte seinen Schwanz in der Hand, und bald drang er in mich ein. Er machte es etwas zu schnell, es tat ein bisschen weh. Aber dann war es auch schön, ihn in mir zu spüren. Er machte es gut.

Ich ahnte, dass es nicht *sein* erstes Mal war. Ich sagte ihm aber auch nicht, dass es für *mich* etwas Neues war. Er kam schließlich – etwas zu laut, was in den Nachbarzelten wieder für Heiterkeit sorgte. Dann lagen wir noch zusammen – kuschelten und knutschten. Ich war zwar nicht zum Höhepunkt gekommen, aber ich war stolz auf mein „erstes Mal" und fand es ziemlich aufregend. Es sollte aber nicht der Beginn einer großen Liebe sein. Nicht dass ich das erwartet hätte – allerdings hatte ich schon mit einem mehrtägigen Urlaubsflirt gerechnet. Es kam anders.

Mein Lover angelte sich schon am nächsten Tag eine Neue. Das schockte mich dann doch ein wenig. Immerhin hatte ich in meinem Leben schon eine Menge Jungs von der Bettkante gestoßen. Und nun sollte meinem Auserwählten gar nicht viel an mir liegen? Das nagte schon an mir. Am nächsten Abend schleppte er ein hübsches Mädel ab, das schon recht angetrunken war. Die beiden verzogen sich in der Dämmerung an den Strand. Ich folgte ihnen. Auch ich hatte in meinem Frust einiges getrunken, sonst wäre ich den Beiden wohl nicht nachgelaufen. Dann lagen sie da im Sand vor mir, und es war als würde das Gleiche stattfinden wie gestern – nur verfolgte ich es diesmal aus einer anderen Perspektive. Sie knutschten und fummelten. Und ich stand da und schaute zu. Irgendwann entdeckte er mich. Aber er war keineswegs überrascht oder etwa peinlich berührt. Im Gegenteil. Er strahlte und winkte mich her. „Hey du. Komm her!". Sein Mädel schaute etwas verwundert. Ich ging hin. Irgendetwas reizte mich an dieser Situation. Ich wollte ihn. Ich wollte ihm beweisen, dass ich heißer, geiler – einfach besser – war als die Andere. Also legte ich mich dazu, holte seinen Schwanz raus und fing an ihn zu lutschen als wäre es das Normalste von der Welt. Die Andere moserte ein wenig rum – doch er konnte sie offenbar schnell beruhigen. Also knutschten die zwei da oben rum, während ich da unten mit meinem Blowjob beschäftigt war. Ich hatte in Pornos gesehen, wie das geht, und ich glaube für den Anfang war ich nicht schlecht. Es gehört hier vielleicht nicht her – aber ich kann allen Frauen nur raten, ab und zu ihre Männer mit einem Blowjob zu verwöhnen. Eine Frau, die super blasen kann, wird keiner verlassen.

Aber zurück zur italienischen Nacht. Irgendwann hatte ich genug. In seiner Hosentasche fand ich weitere Kondome. Davon stülpte ich eins über seinen Schwanz und setzte mich drauf. So ritt ich ihn zum Orgasmus. Gleich nachdem er gekommen war, stieg ich ab und ging davon. An diesem Tag war es meine Art ihm den Mittelfinger zu zeigen. Ich hatte ihn gefickt, abgemolken - und obwohl ich auch dieses Mal nicht zum Höhepunkt gekommen war, fühlte ich mich doch zutiefst befriedigt. Letztlich war es schon eine ziemlich geile Nummer. Erst hinterher wurde mir klar: schon mein zweites Mal war im Grunde ein „Dreier" gewesen. Ganz schön versaut. Meinem Lover – dessen Namen ich tatsächlich vergessen habe – bin ich übrigens seit diesem Urlaub nie wieder begegnet.

ESCORT

„Was studierst Du?" – Die Frage bringt mich völlig aus dem Konzept. „Wie jetzt?", frage ich, „suchen Sie wirklich echte Studentinnen?" Ich sitze in einem Vorstellungsgespräch. Ein Escort-Service sucht neue Mädchen. Tatsächlich stand auf der Website: „Heiße Studentinnen verwöhnen Dich lustvoll!" Aber auf solchen Seiten steht viel: die schreiben da, dass Frauen „naturgeil" sind und „ordentlich durchgevögelt" werden wollen. Verlangt auch keine Agentur, dass das der Wahrheit entspricht. Daher meine Verwunderung. Mein Gegenüber ist nun ebenfalls verunsichert. „Nun, im Prinzip haben wir wirklich Studentinnen hier. Wir machen ja Escort. Die Mädchen begleiten Herren zu Abendessen, Veranstaltungen, Theaterbesuchen. Da wird geredet, da muss man was erzählen können."

„ Kann ich."

„Und wenn die Dich fragen, was Du so machst?"

„Dann sage ich, dass ich studiere."

„Was denn?"

„Mathe", erfinde ich spontan.

„Mathematik???" Ich höre förmlich die drei Fragezeichen hinter dem Wort.

„Ja, war ich immer gut drin!", flunkere ich. „Hat bisher immer gereicht. Fragt keiner groß nach – finden sie aber alle obergeil. Ne Frau und Mathe. Sieht scharf aus und kann auch noch rechnen."

Der Escort-Chef sieht mich schief an. Dann grinst er. „Cool! Ich glaube, Du kannst mit Männern umgehen. Der Rest ist egal."

Es ist eines der kürzesten Bewerbungsgespräche, die ich je geführt habe. Nach wenigen Minuten sind wir uns einig. Er übergibt mir ein Handbuch. Da steht alles drin, was man wissen muss. Ganz schön professionell der Laden.

Offiziell führt die Agentur also nur „Studentinnen". Die in der Regel etwas älteren, studierten Herren können auf der Seite unter knapp zwanzig Mädchen wählen. Es gibt keine Dates unter zwei Stunden – und kein Treffen kostet weniger als 450 Euro. Ein stolzer Preis – mir soll es recht sein. Die Agentur arrangiert die Termine und die Treffen – sie checken die Kunden und sorgen für meine Sicherheit. Es sind keine Zuhälter, mit denen ich da arbeite – nicht dass Sie das falsch verstehen – das ist ein faires Geschäft und völlig okay. Ich bekomme am Ende nicht weniger als wenn ich ganz frei arbeite.

Allerdings bin ich mit etwas zwiespältigen Gefühlen zum Bewerbungsgespräch gegangen. Da ich bisher keinerlei Erfahrungen mit Agenturen gesammelt hatte, rechnete ich mit dem Schlimmsten. Ich sah mich schon nackt vor dem Agentur-Chef stehen, während er mir auf den Popo klatscht oder meine Muschi inspiziert. Ja, ich fragte mich sogar, ob ich ihm vielleicht einen blasen muss, um zu beweisen, dass ich es kann. Aber es ist völlig unkompliziert. Ich muss mich nicht ausziehen – ein paar alte Fotos in Kleidern und im Bikini reichen ihm völlig aus.

Der Agentur-Chef mustert am Ende noch mal die Bilder und schaut mich an. „Nimm´s mir nicht krumm, aber du könntest noch ein bisschen was für deine Figur tun. Paar Kilos runter und ein bisschen Training im Studio. Wär das ok?" Ich werde rot. Ich bin es nicht gewohnt, dass man meinen Körper kritisiert. „Wir machen in paar Wochen neue Bilder von Dir, wenn alles perfekt ist. Die Fotos im Netz sind das Wichtigste. Ist ja klar. Danach entscheiden die Männer, wen sie buchen." Ich stimme zu.

Drei Wochen lang achte ich penibel auf meine Ernährung und verausgabe mich täglich beim Sport. Dann ist es soweit: ich stehe in einem Profi-Fotostudio. Mit Visagistin. Es ist das erste Mal, dass ich ein echtes „Shooting" erlebe. Und es macht mir wahnsinnig viel Spaß. Wir sind drei Frauen am Set – denn hinter der Kamera steht eine Fotografin. Und gemeinsam denken wir uns aus, worauf die Kunden der Escort-Agentur wohl so stehen. Vor Kichern und Lachanfällen können wir uns kaum halten, als wir ein Klischee nach dem Anderen abarbeiten. Mit großen Augen und Löckchen in den Haaren strahle ich in die Kamera. Immerhin bin ich auch dabei nicht nackt – hübsche Dessous liegen bereit, und so kommen am Ende wirklich tolle Bilder dabei heraus. In einer scharfen Korsage stehe ich vor rosa Hintergrund mit Luftballons in der Hand. Und ich räkele mich lasziv in Strapsen auf einem Diwan. Meine hübschen Augen werden allerdings verdeckt, damit man mich nicht erkennt. Die Agentur ist sehr diskret. Das gefällt mir. Ein schöner Anfang. Ich bin gespannt.

Die Bilder sind kaum online, da erhalte ich bereits die erste Anfrage. Ein zweistündiges Date in einem Berliner Hotel. Von wegen Escort. Ich hätte Lust gehabt auf einen schönen Abend im Theater oder in einem Restaurant – und Stunden später landet man dann in einer luxuriösen Hotel-Suite. So ist es aber nicht. Das Hotel ist nichts Besonderes. Mittelklasse. Ein paar Gedanken mache ich mir allerdings, wie ich wohl aufs Zimmer kommen soll – ohne am Empfang aufgehalten zu werden. Ich kleide mich eher unauffällig - Studentin halt.

Tatsächlich bin ich ziemlich nervös, als ich das Hotel betrete. Ich habe mir vorgenommen zielstrebig zum Aufzug zu gehen – alles muss so wirken, als würde ich mich gut auskennen. Die Dame an der Rezeption blickt kurz auf. Ich nicke ihr freundlich zu. Dann stehe ich auch schon im Lift und atme durch. Die erste Hürde ist genommen. Ich klopfe an Tür 231. Schritte.

Die Tür wird geöffnet, und ich stehe vor einem weißhaarigen Herrn, der die Siebzig offenbar schon weit überschritten hat. Das hat mir niemand gesagt. Geben die Kunden ihr Alter nicht an? Fragt die Agentur nicht nach? Offenbar starre ich mein Gegenüber etwas zu lange stumm an – in leicht genervtem Ton fragt er mich: „Was ist – kommst du rein?"

Das Zimmer hat eine Standard-Größe. Nichts deutet darauf hin, dass ich hier ein Date mit einem Wirtschaftsboss habe, einem bedeutenden Anwalt – oder auch nur einem wohlhabenden Herrn. Immerhin drückt er mir gleich einen Umschlag in die Hand. Ich verziehe mich in sein Bad. Dort zähle ich das Geld ab und schicke eine kurze Text-Nachricht an die Agentur: „Alles super". So wissen sie, dass es mir gut geht. Schreibe ich gar nichts oder was anderes wie zum Beispiel: „Alles ok" – dann würden sie alles in Bewegung setzen, um mich hier wieder rauszuholen. Das gibt mir ein gutes Gefühl.

Im Bad ziehe ich mich bis auf meine Dessous aus, lege ein bisschen Schminke nach und kehre zu meinem Senior-Gast zurück. Zwei Stunden stehen mir also bevor. Puh. Mein Gast hat es sich inzwischen auf seinem Bett bequem gemacht. Er liegt da in Unterwäsche und Socken. Auch das eher ein ernüchternder Anblick. Ich hätte es geschätzt, wenn er seinen Anzug noch anbehalten hätte. Dann hätten wir einigermaßen stilvoll ein wenig geplaudert, dabei die Minibar geplündert, und schließlich wären wir ganz beiläufig zum Sex übergegangen. Mein weißhaariger Freund scheint aber gar nicht zum Reden aufgelegt zu sein. So wie er da liegt, wirkt es auf mich eher so, als wolle er jetzt die kompletten zwei Stunden bedient werden. „Ich hab schließlich dafür bezahlt!" - das dünstet er förmlich aus.

Hab ich erwähnt, dass ich bei Gerüchen etwas empfindlich bin? Fällt mir an dieser Stelle gerade ein. Ich glaube, dass ich den Job im Krankenhaus letztlich aufgegeben habe, weil ich diesen Geruch in den Fluren nicht ertragen habe. Am Anfang sagte ich mir: „Da gewöhnt man sich dran. Nach paar Wochen merkst du das gar nicht mehr." Aber es war nicht so. Jeden Tag – wenn ich mit meinen quietschenden Gesundheitsschuhen über den PVC-Boden lief – bemühte ich mich diesen Krankenhaus-Geruch zu ignorieren. Doch es gelang mir nicht. Ein Punkt, der auch in meinem späteren Berufsleben zu Schwierigkeiten führte. Männer, die streng riechen, sind für mich ein Gräuel. Und leider sorgt Sex bei vielen Männern für eine starke Schweißproduktion. Je länger der Sex dauert – ohne dass man zwischendurch mal duschen kann – umso unangenehmer wird es.

Ich lege mich also zu dem Mann, der mir älter vorkommt als mein eigener Großvater. Sofort habe ich seine Hand unterm BH auf meinem Busen. Ziemlich unsensibel quetscht er an meinen Nippeln rum. Ich befreie mich vorsichtig aus seinem Griff und beginne ihn zu streicheln. Dabei versuche ich es mit einem Gespräch.

„Na, was treibt dich denn so nach Berlin?"
„Ach, ich bin hier auf einem Kongress."
„Und worum geht es dabei?"
„Ärzte, Pharma-Leute und so weiter. Nicht besonders spannend."

Es gibt Kunden, die gern von sich erzählen. Die von ihrem Job und ihrer Bedeutung begeistert sind und sich freuen, wenn ich ein bisschen staune und sie bewundere. Das mache ich gern – es ist entschieden der entspannteste Teil meiner Arbeit. Doch mein Mr. Weißhaar hier scheint nicht zum Reden aufgelegt zu sein. Also gehe ich zum Geschäftlichen über. Was er sich so vorgestellt hat für unsere zwei Stunden – ob er irgendwelche Wünsche hat, die ich ihm erfüllen kann.

Nein, er will „ganz normalen Sex". Das werde ich in meinem späteren Leben als Escort noch häufiger hören. Und nie werde ich wissen, was damit eigentlich gemeint ist. Was ist schon „normal"? „Normal" hat man zu Hause – dafür muss man nicht zu einer Professionellen. Ich frage also nach Details und mein Senior wünscht sich für den Anfang, dass ich ihm den Schwanz blase. Mir geht das alles etwas schnell – vor allem angesichts der Zeit, die noch vor uns liegt. Aber gut. Wenn er erst einmal Druck abgelassen hat, können wir vielleicht entspannter plaudern. Ich ziehe ihm die Unterhose aus. Ein sehr kleiner Schwanz kommt zum Vorschein. Damals hatte ich noch nicht allzu viel Erfahrung mit den Geschlechtsteilen älterer Herrschaften. Mir scheint, dass mit zunehmendem Alter der Penis schrumpelt. Eigentlich komisch, weil man eher meinen sollte, dass er durch die viele Benutzung nach und nach ausleiert – und dann auf einem mittleren Niveau verharrt. Zumindest dieser Gast lässt in mir erstmals den Verdacht aufsteigen, dass im Alter die Sexualkraft nachlässt. Hinzu kommt, dass der Herr hier einer Generation entstammt, die noch nicht mit Intimrasur vertraut ist. Das kleine Würmchen zwischen den faltigen Lenden verschwindet in einem Busch grauer, krauser Schamhaare. An dieser Stelle nochmal ein kleiner Exkurs von mir – nur für den Fall, dass Sie ein Mann sind und ab und zu mit einer Frau gegen Geld schlafen wollen. Ich stehe auf rasierte Schwänze, und ich glaube, das geht der Mehrheit der Huren so. Unrasiert hat zwei Nachteile – vor allem beim Oralverkehr: die Haare geraten in den Mund, in die Nase und in die Augen. Das Schlimmste aber ist aus meiner Sicht etwas ganz Anderes: Schamhaare sind hervorragende Geruchsträger. Einerseits stinken sie selbst – vor allem wenn sie nicht gerade gewaschen wurden. Andererseits verhindern sie einen ordentlichen Luftaustausch an den Genitalien. Schwitzt der Mann zwischen den Beinen, dann sammelt sich dieser Duft zwischen den Schamhaaren. Ich mache eine vorsichtige Andeutung, indem ich meinen Kunden frage, ob wir vielleicht zusammen duschen wollen. Nein, meint er, er habe gerade ausgiebig geduscht. Okay. Hilft also alles nichts. Ich ziehe lasziv meinen BH aus, präsentiere ihm meine Brüste, schmiege mich an seine Seite und beginne sanft über seinen Schwanz zu streicheln. Tatsächlich kommt Bewegung in das Würmchen zwischen seinen Beinen. Ich lasse mir Zeit. Der perfekte Hand- oder Blowjob hat viel mit Abwechslung zu tun. Im Grunde mag ein Mann mehr oder weniger jede Form von Gerubbel an seinem Schwanz – wichtig ist dabei aber die Performance. Er will, dass die Frau bei der Sache ist, es soll nicht grob sein, und er sollte nicht den Eindruck haben, dass man ihn einfach nur so schnell wie möglich zum Abspritzen bringen will.

Guter Sex ist wie gute Musik. Ich kann eine Violin-Sonate runterspielen wie eine Maschine. Alle Noten sind korrekt wiedergegeben, und doch ist der Zuhörer enttäuscht. Es fehlt das Gespür für das Timing und die

Betonung, das Laut und Leise, das Schneller und Langsamer – es fehlt die Seele des Ganzen. So versuche ich es auch beim Sex mit meinen Kunden zu halten: aufmerksam sein, reagieren, spüren was gefällt. Variationen, Tempowechsel, Intensität – all das spielt eine große Rolle.

Als sich sein Schwanz einigermaßen entfaltet hat, setze ich mein gesamtes Instrumentarium ein: ich ziehe die Vorhaut zurück und lasse meine Zunge über die Eichel kreisen. Dann spiele ich ein wenig mit dem Penisbändchen. Der Schwanz zuckt ein paarmal. Ich blicke nach oben. Mr. Weißhaar hat seine Augen geschlossen und atmet tief ein und aus. Immerhin – er kann genießen. Es gibt auch die, die alles sehen wollen. Die brauchen ab und zu Blickkontakt. Lieber hab ich es, wenn ich mich ganz auf meine Arbeit konzentrieren kann. Meine Lippen gleiten über die Eichel und umschließen den Schaft. Dabei sauge ich ein wenig und umspiele mit der Zunge den Schwanz. Ich beginne langsam und zärtlich. Den Erfolg meiner Strategie merke ich dabei sehr schnell. Der Schwanz wächst weiter und gewinnt an Festigkeit. Hinzu kommt ein typischer Geschmack. Der Fachmann spricht vom „Präejakulat". Ich muss vielleicht hinzufügen, dass ich Oralverkehr durchaus ohne Kondom anbiete, ich lasse mir aber nicht in den Mund oder ins Gesicht spritzen – das bedeutet natürlich auch, dass ich Sperma nicht schlucke. Aber ich weiß wie es schmeckt. Dabei gibt es gar nicht *den* Sperma-Geschmack. Menge, Konsistenz, Geruch und Geschmack sind extrem unterschiedlich. Es kommt drauf an, ob der Mann Raucher ist, was er in den Tagen vorher gegessen und getrunken hat. Es kursieren seltsame Gerüchte im Netz – dass Sperma besser schmecke, wenn der Mann vorher eine Ananas oder Süßigkeiten verzehrt habe. Bullshit. Ich mag es nicht, und ich rate jeder Frau davon ab, sich ins Gesicht spritzen zu lassen. Schon mal Sperma im Auge gehabt? Brennt wie Hölle.

Der ältere Herr bekommt von mir also einen wunderbaren Blowjob. Irgendwann stellt sich dann immer die Frage: weitermachen bis er abspritzt – oder lieber warten und mit „richtigem" Geschlechtsverkehr anfangen? Nicht jeder kann mehrfach kommen. Und gerade bei diesem Herrn hier hab ich so meine Zweifel. Er selbst offenbar auch. Er will mich von hinten nehmen. Das ist ganz in meinem Sinne. Ich mag es nicht, wenn die Männer auf mir liegen. Meist sind sie ziemlich schwer, und ich bekomme unter ihnen kaum Luft. Außerdem riecht man sie intensiver. Mund- und Körpergeruch kann man nicht entgehen – und Sie wissen ja, wie empfindlich ich auf Gerüche reagiere. In der Doggy-Stellung kann ich frei atmen, und ich habe mehr Einfluss auf den Sex. Die Heftigkeit der Stöße kann ich ganz gut beeinflussen, außerdem lässt sich die Stellung bequem einige Zeit aushalten.

Mr. Weißhaar will jetzt, dass ich auf ihm reite. Auch das ist ok, weil ich dabei auf Abstand bleibe und den Sex gut kontrollieren kann. Allerdings ahne ich schon, dass es dabei nicht bleiben wird. Mein Kunde macht den Eindruck als arbeite er ein festes Programm ab. Er hat für zwei Stunden bezahlt – also will er jetzt auch alle Stellungen abhaken. Und richtig: jetzt soll es die Missionarsstellung sein. Das Positive: er stützt sich ab und legt sich nicht mit seinem vollen Gewicht auf mich drauf. Das Negative: da er locker über hundert Kilo wiegt, bleibt genug Last für mich übrig. Doch plötzlich geht ein Zucken durch seinen Körper. Er ist gekommen. Überraschend wie ich vermute, denn sonst wären wir sicher noch zu einigen ausgefallenen tantrischen Stellungen übergegangen. Vielleicht kann er aber auch einfach konditionell nicht mehr. Er schwitzt und atmet schwer. Ich fasse ihm zwischen die Beine, damit das Kondom nicht von seinem Schwanz rutscht. Er rollt schnaufend zur Seite. Ich packe das Gummi weg, in dem sich ein wenig weißer Schleim angesammelt hat.

Keine halbe Stunde ist vergangen seit ich das Zimmer betreten habe. Wir haben also noch einiges vor uns. Ich verziehe mich kurz ins Bad und dusche mir den Schweiß meines Kunden ab. Als ich wieder ins Zimmer komme, liegt er auf dem Rücken und starrt an die Decke. Vielleicht mag er ja jetzt ein bisschen reden. Ich lege mich neben ihn und kraule ihm sein graues Brusthaar. Tatsächlich will er jetzt so einiges von mir wissen. Wie bist du dazu gekommen? Macht dir das Spaß? Das Übliche. So plaudern wir ein wenig – bis er wieder Lust bekommt. Oder zumindest bis ihm wieder einfällt, dass ihm ja 120 Minuten heißer Sex zustehen. Er hat eine super Idee. Zum Aufgeilen könnten wir ja Pornos im Hotel-Kanal schauen. Sehr gerne. Er schaltet ein und schon befinden wir uns mitten in einer wilden Rammelei. Ein 0815-Streifen, der bei mir nichts auslöst außer Langeweile.

Ich habe schon viele Pornos gesehen, und inzwischen sehe ich sie mit einem gewissen professionellen Interesse. Gibt es wenigstens eine kleine Story, die annähernd glaubhaft ist? Bekommen die Darsteller ein paar Sätze über die Lippen, ohne dass man sich fremdschämen muss? Es tut mir sehr leid, das sagen zu müssen, aber vor allem die Männer wirken in Pornos oft unterdurchschnittlich intelligent. Vermutlich achtet von den Machern niemand so richtig auf die Typen. Man braucht halt einen Kerl, der den ganzen Dreh durchhält.

Gestatten Sie mir einen kleinen Exkurs zum Thema Pornos. Wollen Sie wissen, welche Filme ich mag? Da gibt es das Parodie-Genre, das ich schon sehr witzig finde. Kaum ein Blockbuster, der nicht auch im Porno-Business nachgedreht wird. Da hantiert „Edward mit den Penishänden", „King Cock" versetzt die Welt in Erregung – und sehr originell finde ich auch: „Der Name der Rosette". Tatsächlich gibt es aber nur wenige Filme, die bei mir außer Langeweile oder Lachen noch andere Regungen hervorrufen. Ein Kunde zeigte mir einmal einen Film von Andrew Blake. Wunderschöne Frauen verwöhnen sich gegenseitig. Meist in luxuriösen Settings, in ausgesuchter Fetisch-Kleidung, exzellent frisiert, mit perfektem Make-up. Die Kamera schwebt scheinbar schwerelos um diese engelsgleichen Wesen. Es war wie eine Offenbarung für mich. Männer tauchen eher selten auf, und wenn, dann sind auch sie sehr ästhetisch in Szene gesetzt. Andrew Blake hat faszinierende, traumartige Filme gedreht, die mich tatsächlich scharf machen. Nicht dass ich mir stundenlang seine Filme reinziehen würde – aber manchmal schaue ich mit einem Kunden eine Episode und bewundere die Magie dieses großen Meisters.

Doch zurück in die Realität. Der Porno im Hauskanal scheint auch auf meinen Kunden keine große Wirkung auszuüben. Zumindest zeigt sich sein Schwanz völlig unbeeindruckt. Er beginnt an meiner Muschi rumzuspielen. Ich versuche mich ernsthaft darauf zu konzentrieren, und ich bemühe mich für Lust empfänglich zu sein. Aber mein Senior-Partner ist wenig einfühlsam. Er merkt nicht, was mir gefällt – obwohl ich versuche, ihn mit leisem Stöhnen auf richtige Ansätze hinzuweisen. Er ist grob und unkonzentriert, so dass ich schließlich die Aktion beende und ihm eine Massage vorschlage. Er willigt ein. Und so quälen wir uns durch die verbliebene Zeit. Am Ende hole ich ihm mit Mühe noch einen runter – ein paar Tröpfchen quellen aus seinem Schwanz. Er tut nicht mal mehr so als sei das besonders befriedigend gewesen. Ich verlasse meinen ersten Escort-Kunden mit einem unguten Gefühl. Die Umstände waren nicht schön, der Kunde schwierig. Erst viel später verstehe ich, was mir am meisten fehlte: das richtige Feedback. Ich mag es, wenn Männer mein Aussehen loben, meine Kleidung, meine Dessous, mein Makeup. Ich gebe mir in der Regel wirklich viel Mühe – auch beim Sex. Und mir ist sehr wichtig, dass das bemerkt und geschätzt wird.

Bereits der erste Escort-Kunde hinterlässt bei mir einen Zweifel. Ob dieser Job wirklich das Richtige für mich ist. Und diese Frage sollte in der Folge immer mehr in den Vordergrund treten.

LEONARD – die Sex-Formel

Tatsächlich erlebte ich im weiteren Verlauf meiner Escort-Ära viele ähnliche Situationen: ältere Herren, die sich in einigermaßen einfachen Hotelzimmern zwei Stunden verwöhnen lassen wollten – es dabei aber an Charme, Höflichkeit und Manneskraft allzu oft fehlen ließen.

Überrascht und erfreut bin ich daher, als mir eines Abends ein junger Mann in einem Hotelzimmer gegenübersteht. Er sieht sogar ganz passabel aus – auf den ersten Blick erinnert er mich an Leonard Hofstadter aus der Serie „Big Bang Theory". Und er ähnelt nicht nur optisch seinem Vorbild. Auf mich wirkt er genauso schüchtern und unsicher wie der junge Physiker Hofstadter.

Mein Kunde hat sein Zimmer ganz offensichtlich penibel aufgeräumt. Seine Hemden liegen ordentlich gefaltet im Regal. Das Bett ist frisch gemacht. Und auf einem kleinen Tischchen hat er Sekt und zwei Gläser bereitgestellt. Das gefällt mir. Störend ist nur, dass Leonard – so nenne ich ihn der Einfachheit halber ab jetzt – mir unbedingt alles recht machen will. Unseren Eingangsdialog muss man sich ungefähr so vorstellen:

„Hi, ich bin Belle!"
„Hi. Ich bin Leonard."

Schweigen.

„Darf ich reinkommen?"

„Oh. Na klar. Entschuldige – komm doch rein."

„Nett hast Du's hier. Bist du öfter in Berlin?"

„Ja – nein. Manchmal."

Ich blicke ihn freundlich fragend an. Das scheint ihn völlig aus dem Konzept zu bringen. Erst viel später fällt mir ein, dass er vielleicht Mimik nicht richtig deuten kann. Bei überdurchschnittlich intelligenten Menschen soll so was vorkommen. Hab ich durch „Big Bang Theory" gelernt. Er reagiert also nicht auf meine nicht explizit ausgesprochenen Fragen. Ich sehe wie er verzweifelt überlegt, was er als Nächstes sagen soll.

„Ähm. Willst du dich setzen?"

„Kann ich meinen Mantel ablegen?"

„Oh. Entschuldige. Natürlich."

Umständlich hilft er mir aus dem Mantel und hängt ihn auf. Ich merke schnell, dass ich die Regie übernehmen muss.

„Du – können wir vielleicht erst einmal kurz das Geschäftliche erledigen?" Er sieht mich mit großen Augen an.

„Normalerweise bekomme ich gleich zu Anfang mein Honorar."

„Oh, na klar. Tut mir leid."

Er reicht mir ein Kuvert. Ich verabschiede mich ins Bad – und wie üblich prüfe ich den Inhalt und gebe meiner Agentur kurz Bescheid. „Alles super", simse ich mal wieder. Ich habe zwar kein gutes Gefühl – doch meine Agentur oder ein SEK der Polizei können mir jetzt auch nicht weiterhelfen. Mord oder Vergewaltigung dürften so ziemlich das Letzte sein, womit ich bei Leonard zu rechnen habe. Ich ahne, es wird wohl selbst mit simplem Sex nicht einfach werden.

Als ich aus dem Bad komme, steht Leonard genauso da wie vorher. Er hat sich nicht ausgezogen – er hat sich nicht einmal entspannt hingesetzt. Er ist einfach im Stehen eingefroren.

„Hey, ein Sekt! Wie nett!", flöte ich munter. „Wollen wir was trinken?" – „Ja, natürlich!"

Wir setzen uns hin und stoßen an. Ich schaue Leonard dabei tief in die Augen. Was schwierig ist, weil er meinem Blick nicht standhält. Verlegen blickt er in alle Richtungen – nur nicht zu mir. Ich versuche Kontakt aufzubauen und nehme seine Hand.

„Alles okay. Du bist etwas aufgeregt? Geht mir auch immer so."

Irgendetwas arbeitet in ihm. Er muss mir ganz offensichtlich ein Geständnis machen.

„Etwas beschäftigt dich doch. Du kannst mir alles sagen. Ich bin für alles offen. Vielleicht hast du irgendwelche Wünsche..." – „Nein. Das ist es nicht", bricht es nun aus ihm hervor. „Ich hab einfach noch nie..."

Ich versuche zu helfen und vervollständige den Satz: „...noch nie mit einem Callgirl geschlafen?" In seinem Gesicht arbeitet es. Dann presst er stoßweise hervor: „Nein, ich habe überhaupt noch nie. Mit einer Frau. Geschlafen."

Das macht mich allerdings erst einmal sprachlos. Leonard ist sicherlich Ende zwanzig, wenn nicht älter. Und ich versuche in Sekundenbruchteilen abzuschätzen, was das für mich bedeutet. Eins ist mir schnell klar: wenn er weiterhin so nervös ist, wird das Ganze eine traumatische Erfahrung für uns beide. Also versuche ich ihn zu beruhigen. Vielleicht muss ich dazu sagen, dass ein Teil meiner Strategie ist, Leonard nicht nach den Gründen seiner Jungfräulichkeit zu fragen. Der neugierige Leser muss sich also darauf einstellen, dass er auf einige zugegebenermaßen hochinteressante Fragen keine Antworten erhalten wird.

„Hey Leonard, das ist doch okay. Mach dir keine Gedanken. Jeder sollte dann Sex haben, wenn er sich dafür bereit fühlt und Lust darauf hat..." Schnell merke ich, dass diese Taktik nicht weiter führt. Leonard ist ehrlich und unübertroffen in Selbstreflexion: „Naja, Lust hatte ich schon oft. Aber die Frauen wollten halt nie mit mir..." Am liebsten hätte ich ihm gesagt, dass er mit einem solchen Selbstbewusstsein niemals eine Frau flach legen wird. Ich lasse es aber sein und gehe zum praktischen Teil über. Meine Idee ist, das Ganze als Experiment zu betrachten – das bringt mich Leonards Denken vermutlich näher.

„Okay, Leonard. Wir machen es so. Du ziehst dich aus und legst dich aufs Bett. Konzentriere dich ganz auf deinen Körper. Ich werde verschiedene Dinge mit dir machen, und du musst mir sagen, was dir gefällt und wie es dir gefällt. Du kannst alles sagen – auch wenn du bestimmte Berührungen gar nicht magst. Okay?" – „Okay."

Wie auf Kommando zieht Leonard sich aus. Sein Schwanz ist klein und schrumpelig. Keinerlei sexuelle Erregung ist sichtbar. Wie ein Brett liegt er nun da und schließt auch noch die Augen. Die Brille hat er trotzdem nicht abgesetzt. Fast muss ich lachen.

Ich streiche zärtlich über seinen Körper. Er wirkt wahnsinnig angespannt. Ich beuge mich über ihn und küsse seinen Körper - dabei achte ich darauf, dass meine Brüste ihn leicht berühren. Keine Reaktion. Also streichele ich seinen Penis. Ich höre ein leises Stöhnen. Ich widme mich also intensiver seinem guten Stück – bewege die Vorhaut ein wenig auf und ab. Es kommt Leben in den kleinen Schwanz. Als er zu einer gewissen Größe angeschwollen ist, nehme ich ihn in den Mund. Ich blicke hoch zu Leonard. Er hat die Augen aufgerissen und beobachtet mich durch seine Brille. Nun scheint er sich aber ertappt zu fühlen und schließt schnell wieder die Augen. Viele meiner Kunden mögen es, wenn ich sie beim Blowjob provozierend anschaue. Leonard erträgt meinen Blick offenbar nicht. Der Schwanz wird auch schon wieder schlaffer – Leonard ist vermutlich gerade mehr mit seinen Selbstzweifeln beschäftigt als mit sexuellen Empfindungen. Ich schalte also um, lege mich neben ihn, schmiege mich an seinen Körper und streichele mit einer Hand weiter seinen Schwanz. Vielleicht hilft ja jetzt eine kleine Vorlesung.

„Hey, Leonard?" – „Hm." – Weißt du, ich dachte mit gerade vielleicht hat du ja Lust mal meinen Körper zu erforschen. Interessiert?" – „Hm." – „Ich erkläre dir, was eine Frau mag, wo sie gern berührt wird, und was Frauen wirklich heiß macht, okay?" Leonard richtet sich ein wenig auf und blickt mich durch seine Brille an. Ich habe tatsächlich sein Interesse geweckt.

„Okay. Beginnen wir mit dem Küssen. Keine Frau legt gern sofort mit Sex los. Ein Vorspiel ist wichtig. Eine romantische Atmosphäre. Gib der Frau das Gefühl, dass sie dir wichtig ist, dass du sie schön und begehrenswert findest. Wenn ihr euch bei einem tollen Diner angeregt unterhalten habt und da so ein erotisches Knistern spürbar ist, dann könntest du ihr einen Kuss geben." Er nähert sich meinem Mund, dann bricht er plötzlich ab. „Und woher weiß ich, dass sie das nicht als Übergriff empfindet? Was, wenn sie mich gar nicht küssen möchte?"

Puh. Es ist noch schwieriger als ich dachte. „Also, normalerweise spürt man das im Verlauf eines Abends ob da mehr ist als pure Höflichkeit. Aber ein guter Test wäre vielleicht das: du überfällst sie nicht mit deinem Kuss, sondern du kommst ihr langsam näher."

Ich flüstere nun fast und komme seinem Gesicht sehr nah. Ich schaue ihm in die Augen. „Wenn ihr euch so nah seid wie wir beide jetzt, dann würde sie sich wegdrehen oder einen Schritt zurückmachen, wenn ihr das unangenehm wäre. Solltest du dann immer noch nicht sicher sein, wie sie die Situation einschätzt, dann sag ihr das."

Ich lege mich zurück auf den Rücken und fordere ihn heraus. „Okay, jetzt du. Ich bin eine Frau, die du attraktiv findest, und die dich gerade nach einem Date noch auf einen Kaffee in ihre Wohnung eingeladen hat. Nichts deutet darauf hin, dass ich *keinen* Sex will. Du solltest es also versuchen..."

Leonard hat als guter Schüler aufgepasst: er kommt nun näher und versucht romantisch zu sein.

„Weißt du, dass du eine wunderschöne Frau bist?"
„Oh danke, Leonard, das ist süß von dir."
„Ich finde dich wahnsinnig sexy. Ich würde dich gern küssen."
„Dann tu es doch einfach!".

Vorsichtig drückt er seine Lippen auf meine. Ich merke gleich, wie ungeübt er ist. Offenbar weiß er nicht mal, was ein Zungenkuss ist. Etwas unbeholfen knutscht er mit mir rum. Als ich wieder Luft bekomme, gebe ich weitere Anweisungen. „Der Übergang vom Küssen zum Sex ist fließend. Während ihr knutscht, gehen deine Hände über ihren Körper." Ich nehme seine Hand und lege sie auf meinen Busen. Du kannst mich hier zärtlich massieren, und mit der anderen Hand könntest du meinen Po kneten." Etwas mechanisch erledigt er die Aufgaben. Ich kümmere mich unterdessen wieder um seinen Schwanz, der nur so leidlich hart ist.

In einem nächsten Schritt erläutere ich Leonard das Wesentliche zum weiblichen Unterleib. Ich zeige ihm, wie er zärtlich meine Schamlippen streicheln kann, wie er meine Perle findet – und wie er vorsichtig mit einem Finger in meine Muschi eindringen kann. Ich frage ihn, ob er mal lecken will. Er will, und ich dirigiere ihn dabei vorsichtig. Es dauert nicht lange – dann taucht Leonard zwischen meinen Beinen wieder auf: „Und wann gehen wir dann zum eigentlichen Sex über?"

Ein Comedy-Autor hätte es nicht besser erfinden können. Da ist mein jungfräulicher Schüler gerade bei der ersten Lektion – jetzt wären Demut und langes Üben gefragt, doch Leonard will einfach nur vögeln. Ich bin etwas enttäuscht. Offenbar weiß er nicht zu schätzen, was ich ihm hier beizubringen versuche. Ich würde mal darauf wetten, dass er so schnell keine Frau finden wird, die ihn derart gutmütig an die Hand nimmt.

„Leonard, das ist bereits der eigentliche Sex. Wenn du jetzt die Penetration der Frau mit dem Penis als das Eigentliche ansiehst - das ergibt sich in der Regel von selbst. Ihr steigert gegenseitig eure Lust durch küssen, blasen, lecken und andere Zärtlichkeiten - und irgendwann will deine Partnerin deinen Schwanz in sich spüren." Ich greife nach einem Kondom und ziehe es über seinen Penis. Mit einigen Handgriffen mache ich ihn hart genug, dass ich mich auf ihn setzen kann. Langsam beginne ich ihn zu reiten. Doch schon bald bäumt er sich kurz auf und stöhnt leise. Offenbar ist er soeben gekommen, und es war nicht einmal sonderlich intensiv. Ich versuche ihn noch ein wenig zu stimulieren, doch sein Schwanz schrumpft schon wieder auf Normalmaß. Also: sehr klein. Ich ziehe den Penis vorsichtig aus mir heraus. Leonard ist enttäuscht.

„Tut mir leid", meint er. „Ich konnte das nicht kontrollieren. Das ging sehr schnell. Jetzt hast du gar nichts davon gehabt." Den letzten Satz überhöre ich geflissentlich.

„Leonard, das ist kein Drama. Das passiert oft, wenn Männer beim Sex nervös oder aufgeregt sind. Lass dir einfach Zeit, genieße es und setz dich nicht unter Druck. Und eine Frau machst du nicht nur mit einem Penis glücklich. Es gibt viele Arten, Lust zu schenken. Ich weiß, du bist Wissenschaftler – aber es gibt nun mal keine Sex-Formel. Man braucht Sensibilität und einfach auch ein bisschen Übung..."

Leonard hört jedoch nicht zu. Vielleicht ist er ja gar kein Wissenschaftler – ich habe das einfach so angenommen. Er sucht nach einem Papiertuch und wischt sich das Sperma ab. „Ich sollte mal duschen", nuschelt er. Leonard verschwindet im Bad und kehrt komplett angezogen ins Zimmer zurück, während ich mich noch völlig nackt auf seinem Bett räkele.

„Hey, wir haben noch Zeit!", versuche ich ihn aufzumuntern. Doch Leonard ist nicht sonderlich kommunikativ.

„Du, es tut mir leid", tönt er nun. „Ich fürchte, das war keine gute Idee von mir. Ich hätte dich nicht herbestellen sollen."

Das finde ich nun recht uncharmant. Schließlich habe ich mir wirklich Mühe gegeben, und ich wäre durchaus bereit zu weiterer Hilfestellung. Doch so...

Ich ziehe mich also auch an und verabschiede mich mit einem flüchtigen Kuss auf seine Wange. Zurück bleibt ein fahler Beigeschmack. Über ein bisschen Dankbarkeit hätte ich mich gefreut.

Tatsächlich habe ich aber nie gute Erfahrungen mit männlichen Jungfrauen gemacht. Die Erwartungen sind riesengroß. Und wenn es ganz gut läuft, dann sind das die Männer, die sich gleich Hals über Kopf in dich verlieben. Die könnte eine kaltblütige Frau ausnehmen bis auf die Unterhose. Ist mir aber zu blöd. Es hat schon einen Grund, warum manche Männer bei Frauen keinen Erfolg haben.

Nach einigen Monaten habe ich übrigens bei der Escort-Agentur gekündigt. Ich hatte mir aufregende Abenteuer erhofft: charmante Herren, die mich ins Theater ausführen oder in erstklassige Restaurants. Doch ich landete fast immer mit alten Männern in langweiligen Hotelzimmern. Aufregend war das nicht wirklich. Außerdem hatte ich gerade einen attraktiven Kerl kennengelernt, dem meine ganze Aufmerksamkeit gehörte. Und so endete meine Zeit als „Studentin" beim sogenannten „Highclass-Escort-Service".

MEIN VERLANGEN

Ich erinnere mich noch ganz genau, und es war wirklich so. Ehrenwort. Ich war zwanzig Jahre alt, sah megascharf aus - und tippte bei Google ein: Männer für Sex gesucht.

Ich erzählte es später ein paar Freundinnen, und die erklärten mich für komplett verrückt. Welche Frau sucht schon Sex-Partner im Internet? Mich jedenfalls langweilte die Beziehung mit meinem Freund zu diesem Zeitpunkt so sehr, dass ich mich gezwungen sah zu handeln.

Wir waren seit einigen Monaten zusammen, und im Bett lief es schlecht – wenn überhaupt mal was lief. Er war ein lieber netter Kerl, der auch noch klasse aussah – der aber aus irgendeinem Grund selten Lust auf Sex hatte, und dann auch kein großer Künstler im Bett war. Ja, liebe Männer, stellt euch das mal vor: da ist ein junges, sexy Ding wie ich – bereit zu allen Schandtaten, rollig wie Nachbars Katze, und dann weiß ihr Freund nichts damit anzufangen. Dabei war ich schon einiges gewohnt.

Mit 17 lernte ich beim wöchentlichen Kampfsport-Training einen richtig coolen Typen kennen, der ein wenig jünger war als ich – der aber eine umwerfende Ausstrahlung hatte. Und – wie ich bald herausfinden sollte – war er ein hoch begabter Lover. Er hatte bereits viel Erfahrung mit älteren Frauen gesammelt. Also mit Frauen, die älter waren als er, was ja an sich nicht schwierig war. Seine Sex-Partnerinnen waren alle so zwischen 18 und 25 gewesen. Und das fand ich schon mal ziemlich beeindruckend, dass es so ein junger Kerl schafft, eine erwachsene Frau rumzukriegen. Aber er hatte es wirklich drauf. Für mich verließ er seine deutlich ältere Freundin. Von da an konnten wir nicht mehr voneinander lassen. Es war als klebten wir zusammen. Täglich hatten wir Sex – an unterschiedlichsten Orten, auf vielfältige Weise und zu allen Zeiten.

Für mich war es wirklich eine kleine Offenbarung. Der Junge war so erfahren und so begabt, dass ich immer – aber auch wirklich immer – Lust auf ihn hatte. Ich liebte es, wenn er mich mitten in der Nacht oder auch früh am Morgen weckte. Ich wachte auf, weil ich seine Hände auf meinem Körper spürte, weil er mich irgendwo gerade küsste oder leckte. Und es war mir nie unangenehm – er schaffte es immer auch zugleich *meine* Lust zu wecken, und dann fielen wir aufs Neue übereinander her. Es war wunderschön, und doch hat mich diese Erfahrung auch ein wenig verdorben. Seitdem sind meine Ansprüche sehr groß, und - ehrlich gesagt - hat es seitdem kein Mann mehr geschafft, mich in dieser Weise sexuell zu faszinieren.

Leider zerplatzte unser Traum schon nach einigen Wochen. Auf die für mich schlimmste Weise: er kehrte zurück zu seiner Ex. Ich habe nie verstanden, warum er das tat. Sexuell gab es für mich kein Tabu – da war nichts, was ich nicht mit größter Lust und Begeisterung ausprobiert hätte. Ich war am Boden zerstört, und bis heute bedaure ich, dass wir nicht länger zusammen waren. Was für wilde Wochen hatten wir durchlebt!

Ich tröstete mich mit anderen Jungs. Etwas wahllos muss ich gestehen. Ich erinnere mich an ein schräges Date zu viert. Ich hatte einen hübschen Kerl aufgegabelt, der einen eben so ansehnlichen Freund dabei hatte – und dieser war mit seiner Freundin gekommen. Eine hübsche Blonde. Wir landeten angetrunken in der Wohnung des Einen – ich vergnügte mich erst in der Badewanne ein wenig mit der Blondine, dann wollten die Jungs überraschenderweise mitspielen.

Wir landeten also alle vier im Bett, und da ging es dann drunter und drüber. Ich verwöhnte erst den Einen, dann den Anderen – als plötzlich die Blondine in Tränen ausbrach. Ich hatte gerade ihrem Freund schön einen geblasen, und offenbar konnte sie damit nicht umgehen. Ihr Freund tröstete sie, und wir teilten uns wieder auf. Er verschwand mit seiner Freundin im Nebenzimmer – nicht ohne mir im Gehen zuzuraunen: „Wir können uns ja ein anderes Mal treffen..." Dabei zwinkerte er mir verschwörerisch zu. Tatsächlich vergnügten wir uns dann wenige Tage später: ganz klassisch - zu zweit.

Warum ich das erzähle? Damit Sie sehen, dass Sex für mich immer schon eine wichtige Rolle spielte. Ich kannte keine Hemmungen und genoss das Liebesspiel, auch wenn es zu dieser Zeit nie bezahlt wurde. Mich trieb die pure Lust. Umso schlimmer war es dann, als ich im Laufe einer späteren Beziehung erkennen musste, dass mein gut gebauter Freund auf Sex nicht annähernd so viel Wert legte wie ich. Ich meldete mich also bei einem Internet-Portal für Sex-Dates an. Mein Erfolg war durchschlagend.

Ich stellte schnell fest, dass es offenbar nicht allzu viele junge, attraktive Frauen gibt, die kostenlose Sex-Dates anbieten. Ich wurde geflutet von Zuschriften. Hunderte Männer jeden Alters schrieben mir, um mich zu beglücken. Und nicht wenige wollten mir mit einem Bild von ihrem Penis Lust auf mehr machen.

Hier muss ich einen ganz kleinen Exkurs einschieben: Liebe Männer, ich habe noch keine Frau kennen gelernt, die ernsthaft durch den Anblick eines fremden, erigierten Schwanzes Lust auf Sex verspürt hätte. Ich weiß, das ist für viele nicht zu verstehen. Männer schauen liebend gern Möpse und Mösen an. Bei Frauen ist das anders. Frauen finden das eher abstoßend. Es tut mir leid, das so hart sagen zu müssen. Mich verwundert es ein bisschen, dass das Versenden von Schwanzfotos von so vielen Männern über so viele Jahre hinweg so hartnäckig betrieben wird. Denn ich habe noch nie gehört, dass das jemals erfolgreich gewesen wäre. Aber das nur am Rande.

Ich konnte also wählen: wer kein Foto im Profil hatte oder nur seinen Schwanz, der flog gleich raus. Zurück blieben gut aussehende Typen mit halbwegs intelligenten Texten. Ich machte Schluss mit meinem Freund und ging auf Entdeckungsreise...

DON – SEX UNTER FREUNDEN

Ich bin spät dran. Ausgerechnet heute. Zum ersten Mal in meinem Leben will ich an einer Sex-Party teilnehmen. Und dann scheint sich alles gegen mich verschworen zu haben. Das Taxi schiebt sich im Schneckentempo über die Leipziger Straße, und ich überlege, ob ich zu Fuß vielleicht schneller wäre. Bei einem Blick auf meine Schuhe gebe ich den Gedanken jedoch schnell wieder auf. Zwei Kilometer auf High-Heels sind kein Spaß. Und ich werde meine Energie heute noch brauchen.

Vor knapp zwei Wochen schrieb mich jemand über das Internet-Portal ganz freundlich an. Ihm gefalle mein Profil, er organisiere kleine private Sex-Partys und würde mich gern einladen. Wir schrieben uns ein bisschen hin und her. Der Mann war Anwalt, Ende Vierzig, mit Schnauzer und etwas korpulent. Nicht unbedingt mein Typ. Doch die Umstände dieser Party machten mich neugierig: es sollten noch einige weitere Frauen kommen, außerdem etwa 15 Männer. Bisher hatte ich es maximal zu einem Dreier gebracht. Eine solche Orgie wollte ich unbedingt einmal erleben. Es war eine völlig freiwillige Geschichte – ich würde also jederzeit wieder gehen können, sollte das Ganze ungemütlich werden. Es gab kein Geld – ich hatte also auch keine Verpflichtung zu irgendwas.

Das Taxi rollt endlich vor dem Hotel vor. Ein erhebendes Gefühl. Direkt am Potsdamer Platz vor einem der besten Häuser der ganzen Stadt. Ein echter Portier in Uniform reißt die Wagentür auf. Alles wirkt so fremd und unwirklich. In mir kommt das Gefühl auf, hier nicht hinzugehören. Ich bin mir in diesem Moment fast schon sicher, dass die Einladung zur Party nur ein Gag ist, und dass man mich gleich hinauskomplimentieren wird.

Per Handy habe ich meine Verspätung bekannt gegeben. Jetzt sehe ich eine Nachricht auf meinem Display: „Sind in der Präsidenten-Suite." Mir stockt kurzzeitig der Atem. Ist das die versteckte Kamera? Beobachten die mich irgendwo und lachen sich tot, wenn ich nach der teuersten Suite frage. Unsicher steuere ich auf einen Rezeptionisten zu. Freundlich fragt er, ob er mir helfen kann. „Die Präsidenten-Suite?", fiepse ich. Ohne jeden Anflug von Spott oder Überheblichkeit nennt er mir den Weg. Das macht vermutlich die Qualität eines solchen Hauses aus. Respekt vor jedem Gast. In diesem Moment bin ich dafür sehr dankbar.

Kurz darauf stehe ich auch schon vor der Suite. Was wird mich hinter der Tür erwarten? Liegen alle schon aufeinander und vögeln wild um die Wette? Man hört jedenfalls nichts. Ich klopfe. Kurz darauf geht mit Schwung die schwere Holztür auf. Mein Anwalt strahlt mich an. „Da bist du ja! Komm rein!". Ich trete ein, und fast ist es wie ein ganz normaler verspäteter Auftritt auf einer ganz normalen Party. Männer und Frauen stehen in Grüppchen zusammen, trinken Cocktails und unterhalten sich. Alle sind chic gekleidet wie für eine Abendveranstaltung. Doch ich nehme auch etwas anderes wahr. In einer Millisekunde blitzt aus den Augen der

Gäste eine ungewöhnliche Neugier. Wer ist die denn? Sie taxieren mich. Die Augen der Männer bleiben einen Tick länger an mir hängen, als es sonst üblich oder anständig wäre.

Ich entledige mich meines Mantels. Nun stehe ich da in meinem hautengen, schlichten, asiatischen Kleid. Der Anwalt fühlt sich weiter für mich verantwortlich, führt mich herum und stellt mich vor. Vier Frauen sind da. Sie sind schlank und durchaus attraktiv, doch sie sind alle deutlich über Vierzig. Sie sind ehrlich nett zu mir – sie sehen mich ganz offenbar nicht als Konkurrentin. Zumal Männer ausreichend vorhanden sind. Ich mache die Runde – die Herren stellen sich kurz vor. Auch sie sind meist älter – vermutlich so um die Vierzig.

Einer von ihnen ist Don. Sieht aus wie ein Italiener aus dem Bilderbuch – spricht aber fließend Deutsch. Er ähnelt dem attraktiven Don Draper aus der Serie „Mad Men". Ich setze ihn innerlich gleich auf meine Merkliste. Den will ich heute vernaschen. Aber auch zwei, drei Jüngere sind dabei, und auch sie sind durchaus attraktiv. Das Gesicht eines Gastes kommt mir auf Anhieb bekannt vor. Später erfahre ich, dass er Journalist ist und regelmäßig für eine bedeutende Nachrichtensendung im Fernsehen über Politik berichtet. Überhaupt scheint es eine illustre Runde zu sein. Vermutlich hat mein Gastgeber auch deshalb so sehr auf Diskretion gedrängt.

Doch zurück zur Party. Nachdem ich allen kurz die Hand geschüttelt habe, geselle ich mich zu einer kleinen Gruppe hinzu. Wir plaudern über alles Mögliche. Nur nicht über Sex. Käme jemand völlig unwissend in die Suite – ihm würde nichts auffallen. Gut gekleidete Menschen, die sich über Gott und die Welt unterhalten. Und doch spüre ich eine gewisse Anspannung und musternde Blicke. Ich frage mich, wie nun der entscheidende Schritt geschehen soll – da niemand Anstalten macht in den „Sex-Modus" zu schalten. Da schlägt der Gastgeber mit einem Messer gegen ein Sektglas. Es wird still.

Mein Schnauzbart hält eine kurze Ansprache: „Ihr Lieben, ich freue mich, dass Ihr alle da seid. Die meisten von Euch kennen den Ablauf. Ein paar sind aber auch zum ersten Mal heute dabei, daher ein paar Hinweise. Wir kommen jetzt zum schönsten Teil des Abends. Das heißt, die Männer entkleiden sich. Die Damen legen ab - so weit sie das möchten. Und ab dann gilt der Spruch: alles kann, nichts muss. In diesem Sinne: ich wünsche uns allen einen wunderschönen, lustvollen Abend." Die Anwesenden applaudieren kurz. Tatsächlich lassen sich die Männer nicht lange bitten. Die kleine Gruppe, bei der ich stehe, entledigt sich im Nu ihrer Kleider. Ich bin umringt von fünf nackten Männern. Ihre Schwänze blicken mich erwartungsvoll an. Auch ich schäle mich aus meinem Kleid, lasse aber meine hübschen Dessous noch an. Wofür habe ich die sonst?

Ich lasse mich nicht lange bitten und lege los. Hatte ich eben im Taxi noch kurz gezweifelt, ob Sex mit so vielen Männern wirklich was für mich ist – jetzt fühlt es sich richtig gut an. Denn ich übernehme die Initiative und tue, was mir gefällt. Von den fünf Schwänzen suche ich mir einen aus, den ich blase. Einen anderen wichse ich dabei und mache ihn schön hart. Will ich einen Schwanz in mir spüren, dann lasse ich mir von einem der Männer ein Kondom reichen und reite ein bisschen auf einem der hübschen Kerle herum. Dann lehne ich mich vornüber und bestimme, wer mich jetzt von hinten nehmen darf. Währenddessen lutsche ich einen anderen. Manche übergehe ich auch. Denn nicht alle Schwänze sind so richtig schön steif. Und wenn ich eins beim Sex nicht mag, dann sind es schlaffe Schwänze.

Das bringt mich auf eine Beobachtung, die ich an diesem Abend mache. Zwei Männer, die mir gefallen – sie sind vermutlich Anfang 30 und gut gebaut – haben ganz offensichtlich Interesse an mir, trauen sich aber nicht so richtig an mich ran. Sie haben anfangs Sex mit den anderen Frauen – im Laufe des Abends angele ich mir aber die Beiden. Doch offenbar fühlen sie sich zu sehr unter Druck gesetzt. Jedenfalls kriegen die Beiden bei mir keinen hoch. Überhaupt wird an dem Abend nur selten abgespritzt. Ich vermute sogar, dass einige Männer den ganzen Abend keinen Orgasmus hatten.

Bei der Menge der anwesenden Männer macht es allerdings nichts aus. Ich habe immer einen schönen, steifen Schwanz in meiner Nähe. Zwischendurch widme ich mich auch mal den Frauen. Wir küssen und streicheln uns, ich lecke ihre Nippel und genieße die zarten Berührungen. Ich erwähnte schon, dass ich keine lesbischen Ambitionen habe. Muschis lecken erregt mich nicht – daher lasse ich das an diesem Abend aus.

Alle Damen außer mir sind in Begleitung eines Partners da. Das überrascht mich. Tatsächlich hatte ich nicht gedacht, dass Paare so locker mit Gruppen-Sex umgehen können. Obwohl: eine Ausnahme gibt es. Als ich mich einem recht ansehnlichen Herrn nähere, zieht mich Don zur Seite. Er sieht mich ernst an und schüttelt den Kopf. Ich blicke ihn fragend an, und er flüstert mir zu: „Er darf nur mit seiner Frau..." – „Wie bitte?", entgegne ich überrascht, „sie lässt sich doch auch von anderen vögeln." Don runzelt leicht die Stirn. Heute weiß ich, dass er solche vulgären Ausdrücke verabscheut. Schmutzigen Sex liebt er – aber man darf es halt nicht beim Namen nennen. Don ergänzt also: „Ja, so ist das bei den Beiden eben. Sie darf alles, aber er nicht. Und da das hier alle wissen, wollte ich dich nur kurz darauf hinweisen." Ich bin ihm dankbar für diese Information – und dafür, dass er meine Aufmerksamkeit auf sich und seinen schönen Schwanz gelenkt hat. Denn an diesem Abend werden wir Drei Freunde: er, sein Schwanz und ich.

Ach ja, der „treue Partner" schien übrigens mit seiner Rolle doch nicht ganz glücklich zu sein. Er meldete sich Tage später dann noch per Mail bei mir und fragte, ob wir uns nicht mal ohne seine Frau vergnügen wollten. Das fand ich dann aber etwas schäbig und sagte ab.

Insgesamt ist es ein schöner und aufregender Abend in der Präsidenten-Suite. Alle sind freundlich, locker und respektvoll. Es wird nicht einfach nur wild rumgevögelt - zwischendurch ist immer auch mal Zeit für einen Plausch. Wir nutzen die kleine Sauna und den

Whirlpool unserer Suite. Wir trinken und knabbern Snacks. Und dann geht es auch wieder zur Sache. Ich sorge für eine kleine Show-Einlage. Setze mich auf einen Stuhl in der Mitte des Wohnzimmers und beginne mich mit einem Vibrator zu befriedigen. Einige Männer wollen mich berühren, doch ich weise sie ab. Ich muss mich jetzt konzentrieren. Nach und nach ziehe ich die Aufmerksamkeit aller auf mich. Sie halten inne, es wird still – alle blicken mich an. Ich genieße das, und ich spüre, wie ich mich meinem Höhepunkt nähere. Und dann ist es soweit: quer durch den Raum spritzt mein Saft. „Squirten" nennt das der Fachmann, und es sorgt hier für anerkennende Ausrufe und einen kleinen Applaus. Woher ich das kann – dazu gibt es eine wundervolle Geschichte, die ich später noch erzählen werde.

Gegen Mitternacht endet unsere Orgie. Alle sind schon ziemlich erschöpft. Die letzte Stunde habe ich mich fast nur noch mit Don unterhalten. Er ist ein richtiger Gentleman und bringt mich mit seinem Wagen nach Hause. Bis heute denke ich immer wieder gern an die Suite-Party zurück. Und ich werde ja auch häufiger daran erinnert. Wenn ich abends Nachrichten schaue, dann taucht da manchmal ein alter Bekannter auf und erklärt die Berliner Politik. Und ich muss sofort daran denken, wie er nackt vor mir stand und mit hochrotem Kopf seine Sahne auf meine Brüste spritzte. Wenn ich dann mit meiner Omi gerade vor dem Fernseher sitze und verschmitzt kichere, dann sieht sie mich strafend an und fragt genervt: was ist denn daran komisch? Und ich kann ihr nicht wirklich eine befriedigende Antwort darauf geben...

LUST AUF VERLANGEN

Nun ist es also soweit. So viele Seiten – und noch immer habe ich nicht erzählt, wie ich zum bezahlten Sex kam. Aber es war mir wichtig all das voraus zu schicken. Weil da vor allem meine Lust am Sex ist, meine Neugier auf Menschen und ihre Geheimnisse, meine Freude an überraschenden Begegnungen und ungewöhnlichen Erlebnissen. Das Geld kam erst spät dazu – und spielt in meinem Job als Freudenmädchen nur *eine* Rolle unter vielen. Aber nun zu der Geschichte...

Don, den ich auf der Suite-Party eigentlich nur flüchtig kennen gelernt hatte, meldete sich schon wenig später wieder bei mir. Ob ich Lust hätte, mit ihm einen kleinen Ausflug zu unternehmen. Hatte ich. Und so stand er an einem Sonntag unten auf der Straße vor meiner Tür mit seinem Auto. Oder vielleicht sollte ich lieber sagen: mit seinem Gefährt. Denn dies war nicht einfach irgendein Auto. So etwas hatte ich bisher noch nicht gesehen – eine Spezialanfertigung, die am ehesten noch einem Beerdigungswagen glich. Ein hoher, überlanger Kombi – schwarz und mit viel Chrom verziert. Bitte fragen Sie mich nicht nach der Marke – ich weiß, das ist peinlich - aber ich weiß wirklich nicht, was für ein Modell das eigentlich war. Vermutlich ein alter Mercedes.

Don war wieder einmal elegant gekleidet. Diesmal nicht im Anzug, sondern im exquisit gewählten Freizeit-Outfit. Ich lobte sein Auto – nicht etwa weil es mich beeindruckte, sondern weil ich vermutete, dass es ihm wichtig wäre. Er grinste verschmitzt und fragte, ob ich denn schon mal Sex im Auto gehabt hätte. Dieses Fahrzeug sei dafür wie geschaffen. Ich war sprachlos. Tatsächlich hatte ich nicht wirklich geglaubt, dass wir einen Sonntags-Ausflug mit Kaffee und Kuchen unternehmen. Aber irgendwie war ich doch davon ausgegangen, dass er es etwas romantischer angehen würde. Und doch konnte ich ihm nicht böse sein. Sein jungenhafter Charme, sein gewinnendes Lächeln und seine Direktheit sorgten auch für eine starke erotische Anziehungskraft. „Ich dachte, wir fahren an einen ruhigen Ort und machen es uns schön." Don strahlt mich bei diesen Worten an als hätte er mir gerade das schönste Geschenk der Welt gemacht.

„Ja. Hört sich gut an." Noch bin ich etwas skeptisch, ob ich mich gerade unter Wert verkaufe. Keine Einladung zum Dinner? Einfach Sex im Auto und das war's? Hätte Don nicht diesen hinreißenden Blick – ich wäre wohl nach den ersten Kilometern wieder ausgestiegen. Aber manche Männer haben einfach diese unwiderstehliche Fähigkeit: sie können mit den Augen lächeln. Sie schaffen es in ihren Blick genau die richtige Mischung von Wärme, Witz und Wissen zu legen. Ich wollte wissen, wie Don dieses Versprechen eines unvergesslichen Auto-Dates einlösen würde.

Wir fuhren raus aus der Stadt durchs ländliche Brandenburg. Ich versuchte Don auszufragen – was er beruflich mache, ob er Familie habe, ob er glücklich sei. Natürlich ging ich bisher fest davon aus, dass Don eine Werbe-Agentur leitete – schließlich hatte ich alle Folgen von „Mad Men" geschaut. Doch in Wirklichkeit war er

Anwalt. Ansonsten schien er jedoch seinem filmischen Pendent sehr ähnlich zu sein. Er war nämlich ebenso geheimnisvoll und verschwiegen was seine Person anging. Ich konnte nur mutmaßen, dass er eine Familie hatte, die von seinen sexuellen Eskapaden nichts wusste – und dass ein „normales" bürgerliches Leben ihn nicht wirklich glücklich machte. Ich bohrte nicht weiter nach, weil ich merkte, dass er nicht mehr preisgeben wollte. Außerdem meinte ich ja längst zu wissen, warum er so schweigsam war: ich hatte die sieben Staffeln ja bis zum Ende geschaut...

Es war Anfang Mai - die Allee-Bäume strahlten in frischem Grün. Don bog auf einen Feldweg ein und nach einigen holprigen Kilometern erreichten wir einen kleinen See mitten im Wald. Das klare Wasser glitzerte in der Sonne. Ich stieg aus und genoss den Anblick, die frische Luft und das leise Rauschen der Bäume. Don holte einen Picknickkorb aus dem Wagen. „Ich hab uns paar Stullen geschmiert", meinte er. Erst später habe ich verstanden, dass das ein „typischer Don" war. Er liebte es, Klischees zu unterlaufen, Sachen zu tun, die eigentlich „uncool" klangen, die mit ihm aber dann doch wieder etwas ganz Besonderes wurden.

Don hatte tatsächlich belegte Brote gemacht. Aber er hatte edle Zutaten gewählt, und es waren einfach die besten „Stullen" meines Lebens. Beim Essen und einem leichten Weißwein plauderten wir über Belanglosigkeiten. Das lag ihm mehr – er war schlagfertig und witzig, solange das Gespräch an der Oberfläche blieb. Dann auf einmal begann er, sich auszuziehen. Dabei blickte er mich aufmerksam an, als ob er prüfen wollte, ob ich nicht schreiend wegrennen würde. Gelassen sah ich ihm zu. Er hatte einen schönen Körper – das wusste ich ja bereits – einen hellbraunen Teint, einen knackigen Hintern und einen ziemlich großen Schwanz. Komplett nackt stand er schließlich vor mir und lächelte verschmitzt. Ungerührt sah ich ihn an. Erwartete er, dass ich ihn jetzt voller Erregung bespringen würde? Oder dass ich angesichts seiner Schönheit auf die Knie sinken würde? Er würde sich schon etwas mehr anstrengen müssen, um mich in Stimmung zu bringen.

Doch da drehte Don sich plötzlich um, mit wenigen Schritten hatte er das Ufer erreicht, er warf sich ins Wasser und tauchte ab. Als er wieder an die Oberfläche kam, schnaufte er. Es war klar, dass er sich die Kälte nicht anmerken lassen wollte. Und genauso klar war mir, was nun folgen würde. „Komm rein. Das ist wunderbar. Erfrischend." Wegen der Kälte konnte er nur noch stockend sprechen. Ich musste lachen. „Du bist ja schon erfroren, bevor ich drin bin!"

Nun muss ich gestehen, dass ich sehr ehrgeizig bin. Schon als Achtjährige bin ich vom Zehnmeter-Brett gesprungen, weil eine Freundin meinte, sie würde sich das niemals trauen. Wenn es darum ging, Mutproben zu bestehen, war ich nie zu halten. Und so packte es mich auch diesmal. Schnell glitt ich aus meinen Klamotten und stürzte mich kopfüber in den See. Die Kälte traf mich mit einem solchen Schlag, dass ich kurzzeitig Angst hatte, das Bewusstsein zu verlieren. Dann tauchte ich auf und rang nach Luft. „Ganz schön. Kalt hier.", erklärte ich stockend, und wir brachen beide in Gelächter aus. Don griff nach meiner Hand. „Komm. Wir sollten uns aufwärmen." Und schon rannten wir aus dem Wasser zurück zum Auto. Nun verstand ich erst, welche Qualitäten Dons Wagen hatte. Der ganze hintere Teil war eine einzige Liegefläche – wunderbar weich und mit dicken Decken, in die wir uns nun einwickelten. Don begann mich zu küssen und so langsam kam wieder Leben in unsere eiskalten Körper. Ich griff nach seinem Schwanz – und war überrascht nur auf ein kleines Etwas zwischen seinen Beinen zu stoßen. Ich gönnte mir einen kleinen Spaß: „Ja was ist das denn? So ein kleiner Schwanz! Wie süß. Meinst Du, es war eine gute Idee ins kalte Wasser zu springen? Der arme Kleine ist ja völlig verfroren. Ohje..."

Sogleich widmete ich mich intensiv dem kleinen verschrumpelten Schwänzchen, nahm es in den Mund, saugte und leckte. In dieser warmen Umgebung lebte der Penis schnell wieder auf. Don hatte sich unterdessen zu meinem Unterleib vorgearbeitet. Sanft ließ er seine Zunge über meine Schamlippen gleiten und stieß dann vor zur Klitoris und den Eingang meiner Vagina. Mit einer Hand massierte er kräftig meinen Po mit der anderen zog er die Schamlippen auseinander. Es war herrlich. Lange verwöhnten wir uns so gegenseitig, bis ich ihn in mir spüren wollte. Don zog sich ein Kondom über – dann drang er vorsichtig in mich ein. Er hatte einen langen und auch dicken Schwanz. Eigentlich mag ich ja eher Durchschnittsgrößen, weil Überlängen und Überbreiten ziemlich schmerzhaft sein können. Mit Don war es aber irgendwie perfekt. Ja, ich spürte manchmal einen ziehenden Schmerz – aber der verstärkte meine Geilheit nur noch. Wir vögelten wild drauflos, bis er schließlich kam. Entkräftet schmiegten wir uns aneinander. Sanft streichelte er mich. Ob er noch etwas tun könne für mich, wollte er wissen. Das fand ich nett. Offenbar war ihm nicht entgangen, dass ich keinen Orgasmus gehabt hatte. Ich gestand ihm die Wahrheit: dass ich Sex mit Partnern sehr genieße, dass ich aber so nicht zum Höhepunkt kommen könne. „Ich habe keine Lust, Orgasmen vorzutäuschen, damit meine Lover glücklich sind", erklärte ich ihm. „Ich kann halt nur richtig kommen, wenn ich mit meinem Vibrator alleine bin." Don hakte nicht weiter nach. Der Sex war für uns beide wunderbar gewesen – und nur das war wichtig.

Don packte weitere Leckereien aus, und wir mampften munter auf unserem Lotterbett. Es war ein traumhafter Nachmittag, und erst jetzt beim Schreiben merke ich wie außergewöhnlich das alles war.

Ich würde mich durchaus als emanzipierte Frau bezeichnen. Daher schätze ich es eigentlich überhaupt nicht, wenn Männer machohaft alles für mich mit entscheiden: wo es hingeht, was gemacht wird, und wann und wie es zum Sex kommt. Don hat mich nicht gefragt, ob ich spanischen Schinken und französische Paté mag, ob ich Lust habe, an einen See zu fahren, um dann schließlich in seinem komischen Wagen seinen dicken Schwanz in meine Muschi zu stecken. Das hätte auch komplett schief laufen können. An diesem einen Nachmittag aber stimmte wie durch ein Wunder alles. Don hatte genau die richtige Art, die Dinge anzugehen, und ich genoss es sehr, mich von ihm überraschen zu lassen. Ich verliebte mich nicht in Don – aber ich war neuen erotischen Abenteuern an seiner Seite durchaus aufgeschlossen. Und ich musste nicht lange warten.

Dass Don eine Schwäche für öffentlichen Sex und Gruppen-Sex hatte, das war mir ja bereits klar geworden. Nun wollte er unbedingt mit mir in einen Club. Ich hatte bisher noch keinerlei Erfahrung mit Swinger-Clubs und war ein bisschen skeptisch. Würde ich da irgendwelchen unansehnlichen Pärchen begegnen und ihnen beim Sex zusehen müssen? Don beruhigte mich. Er wollte mit mir in einen coolen Party-Fetisch-Club. Wichtig sei hier der Dresscode. In normaler Straßenkleidung werde man nicht eingelassen. Das fand ich schon mal sympathisch. Und so besorgte ich mir einen knappen schwarzen Latex-Rock und passende scharfe Dessous. Don trug eine enge schwarze Lederhose und ein weißes Hemd. Es stand ihm fantastisch. Nicht jeder kann Fetisch-Kleidung tragen, muss ich an diesem Punkt anmerken. Wenn der Körper nicht sexy ist, helfen Strapse oder Nietengürtel auch nicht. Manchmal finde ich es dann besser, etwas mehr zu verhüllen als alles auszustellen. Aber die Gäste im Club waren ok – es gab einige sehr attraktive Frauen, ein paar scharfe Kerle, und dann noch einige, die mich nicht so reizten.

Don kannte sich aus. Er führte mich herum und zeigte mir die Räume. Der Club glich einem Labyrinth. Zudem war es recht düster und aus den Boxen schallten laute Beats. Was ich sah, gefiel mir. Auf der Tanzfläche zuckten die Körper. Manche wanden sich eng aneinander, küssten und befingerten sich. Auch an der Bar schmusten Paare – oder auch Dreier- und Viergruppen. In anderen Räumen fand richtiger Sex auf Latex-Matten statt. Es gab Räume mit Gucklöchern – da konnten Voyeure zuschauen. Und es gab sogar eine Badelandschaft mit Whirlpool und Duschen.

Wir tanzten, wir küssten und befummelten uns, und dann nahm Don mich mit in eines der Nebenzimmer. Ein attraktives Pärchen war gerade mitten im Vorspiel. Don setzte sich dazu und begann die Frau zu streicheln. Sie schaute kurz auf und ließ es geschehen. Dann begann er ihren Körper zu küssen und gab mir ein Zeichen. Ich begann mich um den hübschen Kerl zu kümmern, der ebenfalls bereitwillig alles mit sich machen ließ. Und so ergab sich ganz selbstverständlich, dass wir zu viert uns auf der Matte amüsierten. Mal lutschte ich den Schwanz von Don, dann ritt ich auf dem Fremden, zwischendurch schmuste ich mit seiner Freundin. Es machte Spaß. Doch bevor Don zum Orgasmus kam, verabschiedete er sich kurz von den Beiden und zog mich mit sich. Wir gingen unter eine der großen Duschen und ließen warmes Wasser über unsere Körper laufen.

An der Bar erholten wir uns anschließend ein wenig – und hier kam es zu einer folgenreichen Begegnung. Hinter der Bar stand eine schon etwas ältere aber doch sehr hübsche Blondine. Erst später erfuhr ich, dass sie die Eigentümerin des Ladens war. Sie sprach mich an: „Na, bist Du das erste Mal hier? Wie gefällt es Dir?" Wahrheitsgemäß erzählte ich ihr, dass wir uns wunderbar amüsierten. Daraufhin machte sie mir Komplimente: „Du siehst fantastisch aus. Du bist sexy. Und Du hast Spaß an der Sache. Das merkt man. Du passt wunderbar hierher." Ich bedankte mich. Nun wandte sie sich an Don: „Don, verzeihst Du mir, wenn ich Deine Begleiterin mal kurz entführe?" Mein lieber Don schien hier also häufiger aufzukreuzen. Die Blondine winkte mir, und ich folgte ihr in einen kleinen Nebenraum.

„Pass auf – das bleibt jetzt unter uns", raunte sie mir zu. „Ich würde Dir gern einen Job anbieten. Wir haben immer ein paar Frauen hier, die für ihre Anwesenheit bezahlt werden. Das posaunen wir aber nicht groß raus – weil unsere männlichen Gäste immer gern der Meinung sind, dass die Frauen alle nymphoman und naturgeil sind. Es kommen immer deutlich mehr Männer als Frauen her – deshalb sorge ich dafür, dass genug attraktive Frauen da sind. Sonst läuft der Laden nicht." Ich schaute sie nur groß an. „Also", fuhr sie fort, „Du kommst ein oder zweimal in der Woche vorbei für sechs Stunden, Du amüsierst Dich mit den Gästen und dafür bekommst Du ein Honorar. Du bist zu nichts verpflichtet, Du musst nicht mit jedem alles machen – das entscheidest Du selbst. Aber es ist auch klar, dass der Sinn des Jobs nicht darin besteht, dass Du die ganze Zeit an der Bar sitzt und Däumchen drehst." Sie blickte mich prüfend an. „Na, was ist? Ist das was für Dich?" Ich musste nicht lange nachdenken. „Ja klar. Gern." Sie musste lachen. Offenbar hatte sie nicht mit einer schnellen Entscheidung gerechnet. Wir kehrten zurück an die Bar, wo sie Don und mir einen Drink spendierte.

So kam ich zum bezahlten Sex. Es war für mich kein großer Schritt. Es hatte mir gefallen in dem Club, und die Vorstellung für meine Anwesenheit bezahlt zu werden, klang erst einmal verlockend. Es sprach nichts dagegen, das einfach mal auszuprobieren.

Es gibt viele Männer, die danach fragen, wie ich zum bezahlten Sex gekommen bin – wie ich mich beim ersten Mal gefühlt habe, und ob mich das belastet hat. Ich muss ehrlich zugeben, dass das für mich nie ein Problem war. Ich habe nicht lange darüber nachgedacht. Ich hatte keine schlaflosen Nächte – und ich fühlte mich hinterher auch nicht schmutzig und benutzt. Ich hatte einfach schon viel erlebt – Sex hatte immer einen wichtigen Stellenwert in meinem Leben, und der bezahlte Sex war einfach ein neues Abenteuer für mich.

Knapp eine Woche später erschien ich dann das erste Mal zum „Dienst". Etwas nervös war ich schon. Schließlich hatte ich diesmal keinen Begleiter, an dem ich mich festhalten konnte. Doch schnell lernte ich die anderen Frauen kennen, die – für die Gäste allerdings unmerklich – auf Honorarbasis arbeiteten. Es waren Mädels aus Osteuropa dabei, die mir nicht sonderlich motiviert schienen – und es waren auch paar Deutsche da, die das für den absoluten Traumjob hielten. Eine meinte zu mir, sie käme am liebsten jeden Tag in den Club. Doch die Chefin sorge dafür, dass die Frauen regelmäßig wechseln, damit die Gäste nicht stutzig werden.

Ich begann meine Schicht und lernte nach und nach das Personal kennen. Ein älterer Herr in Latex-Klamotten stellte sich als Hausmeister vor. Er hatte seine Augen mit Mascara umrandet, und manchmal trug er auch Lippenstift. Er sah etwas unheimlich aus, war aber super nett. Richtig scharf fand ich einen jungen Kerl, der im Club Massagen anbot. Auch er war total unkompliziert und bot mir an, mich einmal ordentlich durchzukneten. Ich flüsterte ihm zu, dass ich eigentlich zur Arbeit hier sei – doch er grinste nur und deutete auf seine Liege. Er massierte mich so wunderbar, dass ich mich am Ende bei ihm revanchierte: mit einem Blowjob. Da hatten auch die Gäste was zu gucken, und ich kam mir nicht mehr so nutzlos vor.

Tatsächlich sollte meine Arbeitsmoral nach und nach zu meinem Problem werden. Es gab keine Verpflichtung, sich mit den Gästen durchgängig auf den Matten zu vergnügen. Und doch fühlte ich mich ständig unter Druck. Zumal die anderen Frauen scheinbar pausenlos Männer befriedigten. Ich versuchte das richtige Maß zu finden. Es war möglich Männer abzulehnen, indem ich ihre Hand wegschob, wenn sie mich anfassten – oder ich schüttelte mit dem Kopf. Das wurde verstanden, und alle hielten sich daran. Aber natürlich ließ ich mich auch mit Männern ein, die ich sonst nicht beachtet hätte. Und ich hatte mehr Sex als mir Spaß machte. Am Ende meiner sechsstündigen Schicht war ich echt erledigt.

Inzwischen sah ich den Job als Herausforderung. Es war nicht wirklich schön, aber ich hatte das Gefühl, ich dürfte nicht so schnell aufgeben. Schnell hatte ich mitbekommen, dass die anderen Frauen sich mit Kokain aufputschten. Ich machte mit. Ich fühlte mich wach, stark und sexy – allerdings ging von nun an ein Teil meines Honorars gleich wieder für die Drogen weg. Nach einiger Zeit fühlte ich mich nur noch schlecht. Ich wurde krank, hatte keine Lust mehr auf den Club – und kündigte.

Die erste Erfahrung mit der käuflichen Liebe war also nicht wirklich eine Erfolgs-Story. Aber – das muss ich ehrlicherweise dazu sagen – es lag nicht an meinen moralischen Skrupeln. Es lag eigentlich nur an den Arbeitsbedingungen.

KAUF MICH (MANCHMAL)

Ich war gerade mit meiner besten Freundin shoppen, da klingelte mein Handy.

„Hallo?"

„Hi - hast du heute Nachmittag Zeit?"

„Äh, wer ist denn da?"

„Ähm. Der Tom. Du bist doch die Jenny, oder?"

„Nein."

„Oh sorry. Dann hab ich mich verwählt."

Tom legte auf. Keine drei Sekunden später klingelte es wieder.

„Hallo?"

„Oh. Wieder du?"

„Ja."

„Dann ist die Nummer hier falsch."

„Welche Nummer?"

„Ähm. Ehrlich gesagt. Das ist hier so ein Portal für Pay-Sex. Hobby-Huren und so. Solltest Du vielleicht wissen..."

Mir schwante etwas.

„Oha. Danke für die Info!"

Ich zog meine Freundin in das nächste Café. Vor ihr habe ich keine Geheimnisse. Sie weiß nahezu alles über mich. Und so erklärte ich ihr, was nun vermutlich gerade passiert war.

Vor Monaten hatte ich mich ja schon auf einer Internet-Seite für Sex-Abenteuer aufgeschlossen gezeigt. Dann schrieb mich ein Pärchen an: bei meinem Aussehen könnte ich gutes Geld verdienen. Ob ich was dagegen hätte, wenn sie für mich mal ein Profil entwerfen würden. Ich hatte erst einmal nichts dagegen. Es schien mir völlig unverbindlich – also warum nicht? Offenbar hatten sie aber mein Profil bereits online gestellt, ohne mich zu informieren.

Nun saßen wir also im Café und suchten im Internet per Handy nach jungen Berliner Hobby-Huren. Tatsächlich wurden wir schnell fündig. Sie hatten einfach die Fotos aus meinem anderen Profil kopiert und einen absurd schlechten Text dazu verfasst. Vermutlich hatten sie sich auch hier wahllos bei anderen Inseraten bedient. Und so kam es zu einer Kompilation ultimativer Geschmacklosigkeiten. Da wollte eine „junge, naturgeile Nymphomanin" es mal „so richtig besorgt" bekommen. Diese „SexyJenny (19)" wollte „deine Sahne auf ihren Titten" haben. Und – na klar: das „süße Luder" hält auch gern seinen „knackigen Asch" hin. Sie hatten wirklich „Asch" ohne „r" geschrieben. Wie blöd kann man nur sein.

Ich rief die Beiden sofort an. Sie entschuldigten sich – sie hatten gedacht, das wäre alles im Vorschau-Modus gewesen. Natürlich hätten sie mich erst fragen wollen. Und so weiter. Sie nahmen die Seite sofort wieder vom Netz, und ich beschäftigte mich näher mit dem Portal und dem Geschäftsmodell dieses Pärchens. Die Zwei stellten sich das so vor: sie würden mich mit Kondomen und Sex-Spielzeug versorgen – außerdem wollten sie sich um „meinen Schutz kümmern". Die Hälfte der Einnahmen sollte dafür an die Beiden gehen. Der Vorschlag war, dass ich meine Dienste für 120 Euro pro Stunde anbieten sollte – „so für den Anfang, weil dich ja noch keiner kennt."

Mir wurde schnell klar, dass die Zwei strohdumm waren, dass sie mich über den Tisch ziehen wollten – und dass ich niemals mit ihnen zusammen arbeiten würde. Was sollte mich eigentlich daran hindern, mein eigenes Profil zu erstellen? Ich musste ja zudem eh alle Anrufe selbst annehmen. Blieb nur noch der Punkt „Sicherheit". Hier musste ich mir was überlegen – schließlich würde ich in meiner eigenen Wohnung „anschaffen" gehen. Ich entschied mich, am Telefon nicht meine tatsächliche Adresse anzugeben, sondern die vom Haus gegenüber. So konnte ich mir meine Dates erst einmal anschauen. Außerdem weihte ich meine Nachbarin in mein Geheimnis ein. Ich war sowieso eng mit ihr befreundet, sie war aufgeschlossen, und vermutlich würde sie eh das Kommen und Gehen bemerken. Sie sollte einfach aufmerksam sein und ein Auge auf mich werfen.

Mit der Zeit stellte ich fest, dass meine anfängliche Sorge um meine Sicherheit unbegründet war. Vielleicht hatte ich einfach nur Glück – das kann ich natürlich nicht sagen – jedenfalls gab es mit meinen Männern nie Probleme. Ganz selten waren Typen dabei, die mir komisch vorkamen, und die ich wieder wegschickte. Die maulten und schimpften dann – was ich sogar ganz gut verstehen konnte, immerhin waren sie extra zu mir gekommen und hatten sich ein scharfes Date erhofft. Dann abgewiesen zu werden, ist sicher sehr frustrierend. Doch ich wollte mich da ganz auf mein Bauchgefühl verlassen. Wenn mir irgendetwas komisch vorkam, habe ich das Ganze lieber abgebrochen.

Insgesamt überwogen die guten Erfahrungen. Ich traf interessante Menschen mit sehr unterschiedlichen Vorlieben. Viele waren respektvoll und nett. Ein schöner Aspekt meines Jobs waren die vielen Komplimente, die mir gemacht wurden. Und nicht wenige waren sehr darum bemüht, dass auch meine Lust nicht zu kurz kam. Das ist etwas, was in den Diskussionen um Prostitution meines Erachtens oft ausgeblendet wird. Freier gelten da immer als unangenehme Kerle, die die Frauen nur benutzen wollen. Ich habe das sehr oft anders erlebt. Ich habe Männer getroffen, die sich sehr intensiv um mich gekümmert haben – denen es wichtig war, dass auch ich Spaß an der Sache hatte. Und tatsächlich ist einigen das sogar gelungen.

Hier muss ich vielleicht eine etwas skurrile Geschichte gestehen. Einmal buchte mich ein hübscher Student, der etwa in meinem Alter war. Ich verstand nicht ganz, warum er für Sex zahlen wollte – meiner Meinung nach hätte er durchaus auch ohne Geld Erfolg bei Mädels haben können. Wir verbrachten eine nette Zeit zusammen, und tatsächlich ging mir der Junge erst mal nicht aus dem Kopf. Ich hatte keinen Freund, und als ich dann so richtig Hunger auf Sex verspürte, rief ich ihn einfach an. Ja, ich weiß – alle Professionellen werden jetzt mit den Augen rollen und schreien: absolutes No-Go! Aber ich hatte solchen Bock auf ihn. Ich erwischte ihn wohl in einem etwas ungünstigen Moment. Am Telefon wirkte er verschlafen, obwohl es später

Nachmittag war. Vermutlich hatte er die Nacht durchgefeiert. Ich fragte ihn frei heraus, ob er Lust auf Sex hätte – er müsste auch diesmal nicht bezahlen.

Puh, wenn ich das jetzt so lese, dann komme ich mir schon etwas naiv vor. Aber so war es halt. Nicht nur Männern vernebelt die Lust manchmal das Hirn. Es war wie in einer schlechten Comedy. Er murmelte irgendwas von: „Na klar, kein Ding. Nee, super. Machen wir. Ich komme vorbei."

Es dauerte nicht lange und mein Ex-Freier stand vor der Tür. Es wurde ein Desaster. Entweder hatte er zu lange gefeiert, oder er hatte kürzlich erst Sex gehabt – vielleicht hatte er aber auch nur einfach zu viel gewichst. Jedenfalls blieb sein schöner Schwanz ziemlich schlaff. Das war ihm schrecklich peinlich, doch er wollte nun auf keinen Fall aufgeben. Also zog sich die Sache hin. Ich versuchte ihn auf diversen Wegen zu erregen. Fehlanzeige. Meine Lust war schließlich verflogen. Doch der Junge wollte einfach nicht aufgeben. Er hätte sich ja eingestehen müssen, dass er keinen hochbekommt, als es darauf ankam. Schließlich stellte ich ihn vor die Wahl: entweder wir brechen ab, und er geht, oder er bezahlt ab jetzt für die gemeinsame Zeit. Er entschied sich für die schlechteste Variante: er wollte bleiben, hatte aber kein Geld dabei. Er meinte, er könne ja kurz verschwinden, Geld abheben an einem Automaten und dann wiederkommen. Nun reichte es mir völlig. Ich setzte den Jungen vor die Tür und schwor mir, niemals wieder einen Kunden auf ein unbezahltes Sex-Abenteuer einzuladen.

RETTE WER KANN (DAS LEBEN)

Spätestens als ich mich über das Internet-Portal zum Kauf anbot, war mir klar, dass ich nun mit ein paar Menschen reden musste. Da waren zuerst meine Großeltern, die mir besonders nahe standen. Vor allem meine eine Oma, war immer für mich da gewesen. Wie würde sie reagieren? Ich hatte Sorge, dass sie den Kontakt abbrechen würde. Natürlich würde sie kein Verständnis für diesen „Job" aufbringen. Es kam ganz anders.

Meine Oma war interessiert, ließ mich erzählen, schaute sich mein Profil an und meinte dann lächelnd: „Wenn ich so jung und hübsch wie du wäre, ich würde das auch machen!" Ich fiel ihr erleichtert um den Hals. Mein Opa war etwas zurückhaltender. Ihm war es wichtig, dass ich nicht in Gefahr geriet oder ausgenutzt wurde. Als ich ihm meine Arbeitsweise erklärte, war aber auch er beruhigt. Ähnlich ging es mir mit den anderen Großeltern.

Meine Eltern hatten sich schon vor Jahren getrennt und selbst ein ziemlich chaotisches Liebesleben. Hier legte ich es eher darauf an die beiden zu schocken. Der Plan ging auf, es gab Widerspruch – doch auch das legte sich wieder.

Nächste Schwierigkeitsstufe: meine Freundinnen. Manche wussten bereits, dass ich in die Richtung gehen wollte, anderen erzählte ich es jetzt. Die Reaktionen waren sehr unterschiedlich. Manche fanden das sehr spannend und wollten sofort mehr erfahren, andere waren skeptisch und wieder andere waren entsetzt. Eine Freundin wollte sogar nichts mehr mit mir zu tun haben – erst nach Wochen meldete sie sich wieder: sie wollte mit mir reden und verstehen, warum ich das mache. Das hat mich sehr gefreut, dass ihr die Freundschaft so wichtig war, und sie konnte es bis zu einem gewissen Punkt dann auch nachvollziehen. Unsere Verabredung war dann, dass ich ihr keine Details von meinen Dates mit den Kunden erzähle – und das ging für mich natürlich in Ordnung.

Man kann sich vorstellen, dass nicht alle meine Freundinnen diskret waren. Im Gegenteil: manche taten nichts lieber als überall herumzuerzählen, was ich da so trieb. Bei einigen Jungs, die ich kannte, sorgte diese Nachricht für großes Echo. Sie schlossen daraus, dass ich leicht zu haben sei und verstanden gar nicht, wenn ich auf ihre eindeutigen Avancen nicht weiter einging. Die Realität war ja die: ich hatte viel Sex und verdiente gutes Geld damit. Warum sollte ich mich also irgendwem einfach so hingeben? Das würde ich nur mit meinem Freund oder einem ganz besonderen Mann tun.

Und den lernte ich tatsächlich kennen. Ein sehr attraktiver Kerl, der neu in meinen Freundeskreis gekommen war, und der sehr schnell ein Auge auf mich geworfen hatte. Natürlich hatte eine meiner „Freundinnen" nichts Besseres zu tun als ihm gleich zu stecken, dass ich eine „Professionelle" sei. Er verstand erst nicht. Er war ein lieber, braver Junge und konnte sich so etwas gar nicht vorstellen. Vielleicht war er aber auch einfach schon so verschossen in mich, dass er diese Vorstellung einfach nicht akzeptieren konnte. Er fragte mich, und ich erklärte ihm ganz ehrlich, was ich tat und was das für mich bedeutete. Zwischen uns beiden entwickelte sich tatsächlich eine Beziehung. Mir gefiel seine ruhige, beständige Art. Er strahlte so eine Verlässlichkeit aus – ich wusste, ich konnte ihm restlos vertrauen. Er war bereits über beide Ohren verliebt. Und ich verliebte mich auch. Ich machte zur Bedingung, dass er mit meiner Arbeit als Freudenmädchen klarkommen musste. Ich würde niemals wegen ihm aufhören, sondern nur wenn ich keine Lust mehr auf den Job hatte. Er willigte ein. Heute weiß ich, dass er das nicht aus Überzeugung tat, sondern weil es die einzige Möglichkeit für ihn war, mit mir zusammen zu kommen.

Er litt furchtbar. Er war eifersüchtig und wollte es nicht sein. Er wollte alles wissen und wollte es aber eigentlich nicht hören. Ich wollte immer ehrlich zu allen sein und ganz besonders zu ihm. Also erzählte ich, wen ich traf, was wir machten – ich erzählte, wenn etwas Lustiges geschah und auch wenn ich Lust empfunden hatte. Dabei vergaß ich nie zu sagen, dass ich ihn über alles liebte, und dass der Sex mit ihm der beste der Welt sei. Das war er nicht, aber mir war klar, dass ich in diesem Punkt nicht bei der Wahrheit bleiben durfte.

Als ich merkte, wie sehr er an meiner Arbeit litt, hörte ich auf Details zu erzählen. Bald hörte ich auf zu erzählen, wen ich traf und wann. Doch die Unsicherheit blieb bei ihm immer. Ich weiß nicht, ob unsere Beziehung letztlich daran scheiterte. Ich glaube vielmehr, dass sich hier nur ein Aspekt seines Charakters zeigte, der mich so oder so auf Dauer in den Wahnsinn getrieben hätte. Er klammerte. Er war ein braver, lieber Junge. Und ich brauchte im Grunde einen wilden, unanständigen Jungen. Einen, der mit mir um die Häuser und durch die Nächte zog – nicht einer, der am liebsten mit mir zu Hause vor dem Fernseher hockte.

Ich trennte mich von meinem Freund. Er wollte es nicht wahrhaben. Wieder und wieder kam er an, bettelte und weinte. Anfangs hatte ich Mitleid, dann verlor ich nach und nach den letzten Respekt vor ihm. Er entwickelte sich zu einem Stalker, der überall in der Stadt plötzlich auftauchen konnte, der mich nach meiner Arbeit abpasste oder vor der Haustür lauerte. Ich hatte keine Angst vor ihm, doch die ständigen Auseinandersetzungen gingen mir gehörig auf die Nerven. Schließlich drohte ich mit der Polizei. Er tat das, womit er mich am Schlimmsten zu verletzen meinte. Und das tat er verdammt gut.

Ich arbeitete in einer Event-Agentur. Eines Morgens ruft mich meine Chefin im Büro an. Sie will mich sprechen. Sofort. Ihre Stimme ist anders als sonst. Nicht freundlich und verbindlich, sondern kalt und hart. Als ich in ihr Zimmer komme, ist sie nicht allein. Der Personalchef ist bei ihr. Als mein Blick auf ihren Schreibtisch fällt, wird mir schwindelig. Es sind die Bilder aus meinem Internet-Profil. Mein Gesicht hatte ich unscharf gemacht, doch wer mich kennt, der weiß, dass ich das auf den Fotos bin. Halb nackt, in eindeutigen Posen. Ich möchte auf der Stelle im Boden versinken.

Meine Chefin leitet das Gespräch ein. „Wir haben da ein etwas seltsames Paket mit der Post bekommen. Darin befanden sich diese Fotos und ein Brief. Ich lese Ihnen das mal vor: „Sehr geehrte Damen und Herren. Seit vielen Jahren bin ich Kunde Ihrer Agentur möchte aber in diesem Fall meinen Namen nicht nennen. Sie werden gleich verstehen warum. Bei Internet-Recherchen ist mir folgendes Profil aufgefallen. Die Dame, die sich hier zum Sex anbietet, ist ganz offensichtlich eine Ihrer Mitarbeiterinnen. Mir wurde klar, dass sie zum Teil unsere Veranstaltungen organisiert und durchgeführt hat – dass sie sich aber zugleich auch von Männern buchen lässt für – und hier zitiere ich aus dem Profil: GV und AV, Französisch total, bizarre Spiele usw. Sie können sich vorstellen, dass diese Erkenntnis mein Vertrauen in Ihr Unternehmen nicht gerade stärkt. Da ich davon ausgehe, dass Sie davon keine Kenntnis haben, sende ich Ihnen die Belege mit – in der Hoffnung, dass Sie sich von der Dame zeitnah trennen werden. Mit freundlichen Grüßen...“

Stille. Ich kämpfe mit den Tränen. Meine Chefin blickt mich fragend an. Der Personalchef findet zuerst die Sprache wieder. „Was sagen Sie dazu? Stimmt das?“

Ich entscheide mich dafür, alles zu leugnen. „Ich weiß, wer das geschrieben hat“, erkläre ich.

„Aha. Wir sind gespannt“, tönt der Personaler.

„Mein Ex-Freund. Er verfolgt mich seit Wochen. Seit ich mich von ihm getrennt habe. Er lauert mir auf.

Vor meiner Wohnung und auch hier vor dem Büro. Er terrorisiert mich am Telefon Tag und Nacht, und er versucht mich überall schlecht zu machen. Das sind private Fotos, die keinen was angehen. Da hat er sich was draus gebaut. Das ist so..."

Nun breche ich tatsächlich in Tränen aus. Einerseits weil es mir sinnvoll erscheint, andererseits weil mir wirklich danach ist. Dieses Dreckschwein. Und alles nur, weil ich ehrlich zu ihm sein wollte.

Ich muss noch einiges an Überzeugungsarbeit leisten, doch dann glaubt meine Chefin mir. Der Personalchef bleibt skeptisch. Mir ist klar – er wird sofort im Internet auf die Suche gehen. Ich bin froh, dass ich mein Profil selbst verwalte, so kann ich es schnell löschen.

Die Geschichte hat mich geprägt. Ich bin vorsichtiger geworden. Ich erzähle nicht mehr jedem von meinem Nebenjob. Und das liegt nicht daran, dass ich mich dafür schäme. Es liegt daran, dass die Anderen nicht damit umgehen können. Es liegt daran, dass es Menschen gibt, die meinen, dass man als „Hure" nicht zugleich in einer Event-Agentur arbeiten dürfe.

Ich legte ein neues Profil mit anderem Namen und anderen Bildern an, ich besorgte mir ein neues Telefon und begann von vorne. Meinen Ex-Freund zeigte ich bei der Polizei an. Von nun an hatte ich Ruhe.

DER SEX MEINES LEBENS

Na klar, das werde ich immer gefragt: was war der beste Sex deines Lebens?

Ganz ehrlich? Es ist nicht so einfach zu beantworten, und das ist ja auch ganz klar. Es gibt viele schöne Erlebnisse, und ich möchte da auch gar kein Ranking erstellen. Was soll das bringen? Der schönste Sex ist der, den man mit einem geliebten Menschen teilt. Aber ich weiß natürlich, worauf die Frager in Wirklichkeit hinaus wollen. Sie wollen eine richtig heiße Story hören über den schärfsten und geilsten Sex, den ich je hatte. Und da gibt es tatsächlich eine Geschichte, die durchaus das Zeug dazu hat.

Als ich noch nicht der käuflichen Liebe verschrieben war, hatte ich ja auf einem Internet-Portal nach Sex-Partnern gesucht. Hunderte Männer meldeten sich – aber auch einige Pärchen. Ich hatte immer Lust auf einen Dreier, wobei ich eigentlich zwei Männer bevorzuge. Aber die beiden, die mich da sehr nett anschrieben sahen einfach so fantastisch aus, dass ich sie unbedingt kennen lernen wollte. Sie war eine schlanke, blonde Schönheit mit wundervollen Brüsten. Sie war wirklich ein kleines Naturwunder, wie ich dann später erfuhr. Denn sie war nicht operiert – Gott hatte ihr einfach zu einem wunderbar schlanken Körper, pralle, volle Brüste geschenkt. Auch wenn ich keine lesbische Ader hatte, diese Frau weckte sofort in mir das Verlangen, ihre Brüste zu kneten und zu lecken. Ihr Freund war ebenso ansehnlich. Schlank und durchtrainiert. Es war klar, dass die Beiden regelmäßig im Fitness-Studio an ihrer Figur arbeiteten. Kleiner Nachteil: die Beiden wohnten im Saarland. Von Berlin eine Weltreise. Wir telefonierten, und wir verstanden uns super. Ja, wir hatten im Grunde Telefon-Sex – denn wir erzählten uns sehr detailliert, was wir alles miteinander anstellen wollten. Die Vorstellung, mit diesen beiden Hübschen Stunden im Bett und anderswo zu verbringen, machte mich unheimlich an.

Ich reise also ins Saarland. Für ein ganzes Wochenende. Ich werde bei Anja und David wohnen – ob wir allerdings zum Schlafen kommen, ist mir nicht ganz klar. Am Flughafen nehmen sie mich gleich in Empfang. Sie sind gar nicht zu übersehen – sie sind wirklich auffallend attraktiv. Wir nehmen uns in die Arme. Die Beiden sind herzlich und warm, ich fühle mich sofort sehr vertraut mit ihnen. Auf der Autofahrt plaudern wir. Anja sitzt am Steuer. Sie trägt ein enges Shirt. Ich kann den Blick kaum von ihren Brüsten nehmen. Sie sind einfach der Wahnsinn. Bisher hatte ich nie Verständnis für Männer, die völlig weggetreten auf Titten starren. Nun ahne ich, was in ihnen vorgeht. Mir passiert etwas, was mir noch nie zuvor geschehen ist. Ich werde feucht – durch den Anblick einer Frau.

David sitzt hinter mir. Auch er schwatzt munter drauflos und macht flotte Sprüche. Wir reden nicht konkret über Sex, und doch wissen wir, was wir gleich tun werden. Als wir an einer Ampel halten, beugt sich Anja zu mir rüber und gibt mir einen Kuss auf den Mund. So lustvoll und fordernd, dass ich ihr am liebsten sofort die Kleider vom Leib reißen würde. Da fühle ich eine Hand in meinem Nacken. David streichelt mich ganz zart. Ein Schauer läuft über meinen Rücken. Ich bekomme eine Gänsehaut. Ich kann es kaum erwarten, dass wir endlich ankommen und alle übereinander herfallen können. Nur zu gern würde ich jetzt eine Hand in meine Jeans stecken und meine Muschi reiben.

Wir fahren in die Tiefgarage eines Hochhauses. Alles sieht etwas heruntergekommen aus. Reich sind Anja und David wohl nicht. Aber das ist mir auch nicht wichtig. Anja nimmt mich an der Hand und zieht mich zum Aufzug. David schnappt sich meinen Koffer und eilt hinterher. Als wir am Aufzug stehen, kann ich nicht anders: ich bedecke Anja mit Küssen. Ihren wunderschönen Nacken, ihre vollen, weichen Lippen und die wohlriechende Kuhle unter ihrem Hals.

Der Aufzug ist da. Ein älteres Paar starrt uns an, drängt missmutig an uns vorbei in die Tiefgarage. Wir verschwinden in der Kabine, und als die Türen sich geschlossen haben, brechen wir in lautes Lachen aus. Vermutlich haben uns die zwei Alten sogar in ihrem Auto noch gehört.

Wir erreichen die Wohnung. Nichts Besonderes: zwei Zimmer, eine kleine Küche und ein Bad – mit einfachen Ikea-Möbeln eingerichtet. Später werde ich erfahren, dass die Beiden in einem Supermarkt arbeiten. Da kann man sich nicht viel leisten. Im größten Raum steht ein riesiges Bett – das ist jetzt unser Ziel. Wir müs-

116

sen uns gar nicht groß absprechen. Wir ziehen uns alle aus. Wir wollen jetzt nur noch unsere Körper spüren.

Ich lege mich auf das Bett – und schon habe ich David neben mir auf der einen Seite und Anja auf der anderen. Ich will mich aufrichten und loslegen, da drückt Anja mich zurück aufs Bett.

„Sch...", zischt sie leise. „Entspann Dich. Jetzt wirst Du erst mal von uns verwöhnt."

Ich versuche mich zu entspannen und schließe die Augen. Zugleich bin ich so aufgeladen mit erotischer Energie, dass ich mich kaum beherrschen kann. Hände streicheln sanft über meinen Körper. Lippen küssen mich. Es ist wundervoll. Jemand macht sich an meinen Nippeln zu schaffen, saugt und knabbert. Ich sehne mich danach, dass sich endlich einer um meine Muschi kümmert. Doch die lassen sie bei all ihrer Spielerei aus. Ich stöhne vor Lust und Verlangen.

Mit meinen Händen taste ich umher. Ich finde seinen Schwanz und beginne ihn langsam zu massieren. Er wird hart. Er reibt sich an meiner Seite. Ich finde ihre Brüste und knete sie lustvoll. Ich öffne die Augen – ich muss diese Prachtexemplare einfach bestaunen. Es sind die schönsten Brüste, die ich je gesehen habe. Prall und mit großen Nippeln. Anja lächelt mich an. Ihr ist klar, warum ich so verträumt schaue. Und sie hält mir die Brüste hin, damit ich sie lecken und saugen kann. Noch nie habe ich mich zu einer Frau körperlich so sehr hingezogen gefühlt.

Nun steigt sie über mich drüber, so dass ich direkt auf ihre rasierte Spalte schaue, während sie Küsse auf den Innenseiten meiner Oberschenkel verteilt. David knabbert an meinem Ohrläppchen. Ich spüre seinen harten Schwanz an meiner Seite. Anja küsst sanft meine Schamlippen. Ein Schauer läuft durch meinen Körper. Dann spüre ich ihre Zunge. Zart dringt sie in meine Spalte ein und sucht ihren Weg zu meiner Perle. Ich zerfließe geradezu. Ein Finger kommt hinzu und streift um den Eingang meiner Vagina. Die Zunge wird fordernder, der Finger dringt ein. Noch nie bin ich so geleckt worden. Es ist, als wüsste Anja genau, was ich in jedem Moment empfinde und brauche. Mal umkreist sie meine Klitoris, mal streicht sie direkt darüber, sie verstärkt und verändert ihren Rhythmus – es ist wundervoll. Sie nimmt einen zweiten Finger hinzu. Sie beginnt mich mit der einen Hand schnell zu ficken. Mit der anderen Hand teilt sie meine Schamlippen. Meine süße Perle liegt nun völlig ausgeliefert vor ihrer Zunge. Sie saugt und leckt, und ich spüre einen unsäglichen Druck in meinem Innern. Es ist etwas, das ich schon kenne. Ich dachte dann immer, ich muss pinkeln. Das war natürlich sehr störend beim Sex. Diesmal kann ich nicht abbrechen. Ich bin dazu einfach nicht in der Lage. Und so schießt es aus mir einfach heraus. Ich schreie. Ich zucke. Die beiden sind erst überrascht. Dann lachen sie. „Eine Squirterin", stellt Anja fest. „Wow!"

Ich weiß erst gar nicht, was los ist. Dann begreife ich. Ich habe das Bett nicht vollgepullert. Das war eine Ejakulation, die mit meinem Orgasmus zusammen hing.

Und ich verstehe, dass ich bisher diesen Reiz immer unterdrückt habe, weil ich ihn falsch eingeschätzt habe. Es ist das erste Mal, dass mich jemand zum Orgasmus bringt. Bisher hatte ich beim Sex immer viel Spaß gehabt und auch starke Lust empfunden, aber einen richtigen Orgasmus konnte ich nur selbst und mit Hilfsmitteln erreichen.

Anja ist völlig nass. Irgendwie ist mir das peinlich. Aber es riecht nicht nach Urin. Und sie findet es geil. Natürlich revanchiere ich mich bei den beiden und verwöhne sie ebenso, wie sie sich um mich gekümmert haben. Über das ganze Wochenende kommen wir kaum aus dem Bett. Wir sind verliebt. Sie besuchen mich in Berlin, ich fliege wieder zu ihnen ins Saarland.

Und doch ging diese Dreier-Beziehung auch schnell wieder auseinander. Es war einfach zu kompliziert. Ich liebte Anjas Brüste und ihre Berührungen, doch ich konnte ihr nicht wirklich viel geben. Sie zu lecken, erregte mich nicht, und vielleicht war ich auch nicht so gut darin. Ich beschäftigte mich mehr mit David und seinem schönen Schwanz. Und er genoss das sehr.

Meine Theorie geht so: Anja war auf jeden Fall bisexuell veranlagt mit starken lesbischen Tendenzen. Sie suchte eine Frau, während David durchaus mit ihr in einer Zweier-Beziehung hätte leben können. Dass ich dann da war, genoss er sehr – denn ich kümmerte mich um seinen Schwanz viel mehr als seine Freundin. Der entging das natürlich nicht, und damit war für sie der eigentliche Zweck verfehlt. Obwohl wir uns immer bemühten, jedem gerecht zu werden – unsere Vorlieben waren natürlich trotzdem spürbar. Ich weiß nicht, ob Anja am Ende eifersüchtig war. Aber vermutlich erkannte sie, dass unsere Beziehung nicht das war, was sie sich erhofft hatte. Ich war nicht die Bi-Ergänzung, die sie sich erhofft hatte. All dies wurde nie ausgesprochen. Es stand dann irgendwann einfach so im Raum und drückte auf die Stimmung. Als Anja mich am Flughafen dann stumm umarmte und verabschiedete, war mir klar, dass wir uns nicht mehr sehen würden. Ich war traurig, weil ich beide sehr lieb gewonnen hatte. Aber ich verstand auch, dass es so wohl nicht weiter gehen konnte.

Immerhin hatte ich etwas von Anja gelernt. Sie konnte mit meinem Körper umgehen, wie es kein Mann je konnte. Natürlich hatte sie keinen Schwanz – aber bei ihr kam es nicht darauf an. Sie wusste einfach ganz genau, was ich in welchem Moment brauchte. Sie hatte mir einen Orgasmus und das Squirten geschenkt. Wenn ich nach meinem besten Sex gefragt werde, dann denke ich meist an diesen Tag im Saarland zurück. Ich erzähle dann eine nette kurze Geschichte von einem scharfen Dreier, ohne in die Details zu gehen. Und jedes Mal werde ich dabei wieder feucht. Sehne mich nach Anjas Brüsten, ihrer Zunge und ihren Fingern – und ja: auch nach Davids hartem Schwanz.

MEIN GANZ PRIVATES HUREN-ABC

Zum Abschluss noch ein knapper, nicht ganz ernst gemeinter Streifzug durch die Welt des käuflichen Sex. Von A wie Arsch bis Z wie Zungenkuss. Mein ganz persönliches Huren-Lexikon.

Arsch

Hier muss ich wohl gleich mit einer Begriffsklärung beginnen:
1) Arsch = Kunde, den ich nicht mag
2) Arsch = Körperteil, das beim Sex Verwendung findet

1) Wann ist ein Kunde ein richtiger Arsch? Das beginnt schon beim ersten Kontakt. Es gibt Leute, die das erste Telefonat als kostenlosen Telefonsex betrachten. Die fragen all das, was sowieso schon auf meiner Internet-Seite steht, en détail noch einmal ab. Gern fragen sie gerade nach meinen No-Gos: „Und – schluckst du auch?". Ich kürze solche Gespräche dann sehr schnell ab und lege notfalls einfach auf.

Natürlich gibt's auch die super witzigen Spaßanrufer, bei denen man im Hintergrund die minderbemittelten jugendlichen Kumpels kichern und johlen hört. Dann gibt es die ausgebufften Feilscher, die unbedingt handeln wollen. Auch da bin ich gnadenlos. Und dann gibt es Typen, die Termine über Tage oder Wochen planen, ellenlange Mails verfassen, wie das Treffen ablaufen soll - und dann einfach nicht erscheinen. Und es gibt die, die meinen, sie dürften alles mit mir machen, weil sie ja bezahlt haben. Ich habe viele nette, sympathische, respektvolle Männer kennengelernt in den letzten Jahren. Leider gibt es aber auch Ärsche. Und auf die kann ich gut verzichten.

2) Kommen wir zur anderen, schöneren Bedeutung. Ich mag meinen Arsch. Und Männer mögen meinen Arsch. Ich mache viel Sport – fast täglich gehe ich ins Fitness-Studio, und das zahlt sich aus. Ganz uneitel kann ich sagen: mein Po ist perfekt. Wie Sie wissen, hab ich beim Sex immer gern Neues ausprobiert – und so hab ich auch früh schon Anal-Sex für mich entdeckt. Das erste Mal hab ich mit meinem Freund erlebt. Es war schön – aber ich habe auch gemerkt, worauf es ankommt. Wie bei eigentlich allen Stellungen findet man erst nach und nach heraus, wie es am schönsten ist. Beim Vaginalsex mag ich es manchmal einfach hart und wild zu vögeln. Anal-Sex ist da anders. Der muss besser geplant und vorsichtiger durchgeführt werden. Am besten dehnt der Partner das Loch ein bisschen vor – erst mit einem Finger dann mit zwei. Gleitgel ist wichtig. Und der Mann muss sensibel vorgehen. Sonst kann es höllisch wehtun. Auch bei diesem Thema haben Pornos viele Männer verdorben. Da werden Frauen in einer Weise anal penetriert, die im wahren Leben und ohne Vorkehrungen zu schlimmen Verletzungen führen würde. Ich genieße Anal-Verkehr nur mit den Männern, die ich liebe – oder mit Kunden, zu denen ich großes Vertrauen habe.

Was muss ich noch über meinen Arsch sagen? Ach ja – ein etwas peinliches Detail: manchmal finde ich es geil, wenn mir der Mann beim Sex auf den Hintern klatscht. Nein, kein „Spanking", liebe Fetisch-Freunde, einfach nur ein netter Klatscher, der keine Spuren hinterlässt.

Busen

Das Schlimme ist: es gibt keinen schönen Namen für die weibliche Brust. Titten, Möpse oder Hupen. Alles klingt irgendwie hässlich und abfällig. Ganz zu schweigen von „Vorbau" oder so absurden Bezeichnungen wie „Saugfelder" oder „Babytränke". Wenn man es ganz genau nimmt, ist der Busen die Senke zwischen den weiblichen Brüsten. Mir gefällt das Wort aber auch am besten als Name für das „Gesamtkunstwerk".

Der Busen ist ein schwieriges Thema für Frauen. Vermutlich gibt es keine, die ihre Brust perfekt findet. Gerade deshalb wird so viel daran herumgeschnippelt. Nach einer Erhebung unter meinen Kunden kann ich sagen, dass Männer eigentlich alle Arten von weiblichen Brüsten geil finden. Es gibt da wohl keine Form, die nicht ihre Fans hätte. Da braucht man nur mal einen Blick in einschlägige Internet-Foren zu werfen. Sind Männer verliebt, ist der Busen der Angebeteten sowieso der Schönste der Welt. Nach ein paar Jahren Beziehung ist der Mann allerdings durchaus wieder für andere Brust-Varianten empfänglich...

Über meinen Busen habe ich noch nichts Schlechtes gehört von meinen Männern. Es gibt wohl keinen, der eine gut gemachte Enthüllung, ein laszives Entkleiden nicht goutieren würde. Trotzdem habe auch ich immer mal darüber nachgedacht, „was machen zu lassen". Aber ich habe auch schon so viele schlecht operierte Brüste gesehen, dass ich mich dann letztlich nie getraut habe. Inzwischen mag ich meinen Busen. Man kann ihn kneten, ohne dass da Silikonkissen fühlbar sind. Ich mag es, wenn meine Nippel geleckt werden, oder wenn daran zärtlich geknabbert wird. Wir sind also Freunde geworden – mein Busen und ich. Und – Achtung, Männer! – Freunde beleidigt man nicht: wer bei mir von „Titten" oder „Möpsen" spricht, der hat schon gleich verschissen.

Cunnilingus

Der Blowjob für die Frau. Liebe Männer, wenn Ihr eine Frau beeindrucken wollt, dann lernt gut lecken. Es können nur wenige – Frauen wissen es daher umso mehr zu schätzen, wenn es jemand beherrscht. Es ist wunderschön auf diese Weise verwöhnt zu werden. Es sind auch die Momente, in denen ich in meinem Job tatsächlich Lust empfinden kann. Wenn ich mit geschlossenen Augen daliege, gar nicht darauf achte, wer sich da unten zu schaffen macht – sondern einfach nur fühle.

Es ist ein kleines Geschenk an die Frau – weil nur wenige Männer das wirklich geil finden. Klar, mal kurz zwischen den Schenkeln abtauchen und über die Spalte schlabbern, das macht jeder gerne. Die meisten denken, dass die Frau allein durch diese Andeutung eines Cunnilingus vor Lust explodieren müsse – und stellen ihre Bemühungen nach kurzer Zeit wieder ein. Bei meinem Job erwarte ich nicht mehr. Da ist der Kunde König. Und wenn der nach einer Minute Lust auf was anderes hat, ist das in Ordnung.

Aber bei meinem Partner ist mir Ausdauer wichtig. Ich will auch mal komplett verwöhnt werden. Nur da liegen, genießen und vor mich hinstöhnen. Vielleicht dirigiere ich ihn ein bisschen mit meinem Becken oder notfalls mit Worten.

Um mal kurz zusammen zu fassen, was *mir* wichtig ist: Mit der einen Hand legt er die Klitoris frei und streicht mit der Zunge darüber. Mal fester, mal zärtlicher – mal kreisend, mal direkt. Ein sensibler Lover spürt, was gerade gefragt ist. Die andere Hand darf sich um meine Vagina kümmern, wenn diese schön feucht ist. Ein Finger dringt ein und stimuliert meinen G-Punkt. Männer, auch dieses Geheimnis gebe ich hier preis: mein G-Punkt liegt in der Vagina – mit dem Finger gut erreichbar – zur Bauchseite. Stell dir vor, du bist direkt vor mir, führst deinen Finger ein und machst mit diesem Finger sanft und wiederholt die Komm-her-Bewegung. Das ist es. Dabei leckst du schön weiter meine Perle und lässt mich genießen. Dann hast du die besten Chancen mein Freund oder mein Lieblingskunde zu werden.

Dirty Talk

Guter „Dirty Talk" ist eine große Kunst. Du brauchst Talent zum Schauspielern, und du darfst nicht auf den Mund gefallen sein. Nichts ist peinlicher als den Ton nicht zu treffen, unglaubwürdig zu sein oder einfach nicht mehr weiter zu wissen. Dirty Talk ist wie Improvisations-Theater. Du versetzt dich in eine Rolle, Du hast das Vokabular parat, und du hast ein paar Szenen im Kopf, die du immer wieder ein wenig variierst.

Manche glauben „Dirty Talk" sei bloß schmutziges Rumgeraune wie „Besorg's mir!" und „Ja, spritz ab!". Die Meisterinnen ihres Fachs kommen aus der Domina-Ecke. Wenn ich mir anschaue, wie die einen Mann dazu bringen, sich selbst zu befriedigen – ohne dass die Domina dabei auch nur ein Kleidungsteil ablegt – das ist faszinierend. Ich schaue staunend zu und versuche davon zu lernen. Aber es fällt mir nicht leicht. Ich probiere es ab und zu aus – aber dann hab ich das Gefühl neben mir steht ein zweites Ich, das kritisch zuschaut und ab und an kommentierend den Kopf schüttelt oder mit den Augen rollt.

Es ist auch deshalb nicht so leicht, weil kaum ein Mann richtig mitmacht. Geistreich und schmutzig zugleich - das ist auch für Männer eine Herausforderung. Und wenn da von der anderen Seite nicht viel kommt, ist es schwer das anständig durchzuziehen. Eine Domina hat es da etwas leichter. Weil ihr Gegenüber – dieser arme Wicht – eh nichts zu erwidern hat.

Ehefrauen

Ein weites Feld. Ich will Ihnen dazu eine kleine Geschichte erzählen. Ein Kunde, der mich schon mehrfach besucht hatte, kam mit einem ganz besonderen Wunsch zu mir. Es war ihm etwas peinlich, das spürte ich gleich, aber es war ihm wichtig. Er wollte von mir lernen, wie man eine Frau mit Zunge und Fingern zum Orgasmus bringen kann. Das allein war ja noch nicht bemerkenswert. Aber er wollte es lernen, um seine Frau zu befriedigen, mit der er schon über zwanzig Jahre verheiratet war. Das weckte mein Interesse. Der Mann erzählte mir, dass er immer wieder versucht habe, seine Frau zu lecken und zu stimulieren. Sie sei darauf aber nie besonders abgefahren. Sie habe auch nicht weiter mit ihm darüber gesprochen, ob es ihr prinzipiell nicht gefalle – oder wie er es besser machen könne. Also zeigte ich ihm anhand meiner Muschi erst einmal die anatomischen Details. Dann übten wir mit den Fingern die Klitoris freizulegen, sie mit der Zunge auf verschiedenste Weise zu stimulieren und schließlich auch noch zugleich die Vagina mit ein oder zwei Fingern luststeigernd zu penetrieren.

Dieser Mann war fast fünfzig Jahre alt und hatte recht rudimentäre Kenntnisse über weibliche Geschlechtsteile als er zu mir kam. Doch er war wissbegierig und nicht untalentiert. Er konnte mir in unserer ersten Unterrichtsstunde durchaus Lust und in gewisser Weise auch Befriedigung verschaffen.

Ich wollte mehr über das Verhältnis zu seiner Frau erfahren. Er erzählte mir, dass sie kaum über Sex sprachen – dass sie nicht sehr oft miteinander schliefen, und dass sie schon lange nichts Neues mehr ausprobiert hätten. Er habe immer wieder Versuche unternommen, erzählte er – mit Toys oder anderen Stellungen neue Lust ins Sexleben zu bringen. Vergebens.

Ist das nicht traurig? Der Mann liebt seine Frau, er würde gerne mit ihr schlafen, er würde sogar alles dafür tun, damit sie den Sex mit ihm genießen kann. Aber sie mag nicht mal mit ihm darüber reden. Ist es verwunderlich, wenn Männer ihre Lust irgendwann woanders ausleben? Ist das wirklich so verwerflich?

Nun kenne ich natürlich nur die Erzählungen aus Sicht der Männer. Aber ich höre oft sehr ähnliche Berichte. Über Ehefrauen, die keine große Lust auf Sex haben, und die jede kleinste Abweichung von der „Normalität" als Perversion verurteilen. Ich höre von Frauen, die keine Lust auf Oralsex haben und auch ihren Männern schon seit Jahren keinen mehr geblasen haben.

Die verheirateten Männer, die zu mir kommen, lassen sich grob in drei Kategorien einteilen. Es gibt die, die gar nicht über ihre Ehe oder Familie reden wollen. Da spürt man Scham und schlechtes Gewissen heraus. Ich hake da natürlich nicht nach.

Dann gibt es die, die durchaus über ihre Eheprobleme reden. Meist sind das die Männer, die öfter zu mir

kommen und schon Vertrauen gefasst haben. Die berichten mir von eingeschlafenem Sex, Lust- und Sprach-
losigkeit zu Hause. Viele von ihnen lieben durchaus ihre
Frauen – sie wollen sie auf keinen Fall verletzen oder
verlieren. Das Zusammenleben funktioniert oft gut, und
schlechter Sex ist da kein hinreichender Trennungs-
grund. Man kann das bequem finden. Andererseits müssen in einer Partnerschaft viele Faktoren stimmen, da
kann wohl nicht *alles* optimal laufen. So realistisch bin
ich inzwischen auch.

Die dritte Kategorie meiner Kunden ist mir nicht
sonderlich sympathisch – die machen sich wenig Gedanken und prahlen sogar mit ihrer Untreue. Ich mag es
nicht, wenn Männer über ihre „Alte" herziehen. Es
klingt sehr abfällig. Warum sind sie dann überhaupt
noch mit ihr zusammen, wenn die Ehefrau so nervt?

Also, was kann eine Frau tun, wenn sie vermeiden
will, dass ihr Mann zu Huren geht? Seine Lust ernst
nehmen, die eigene Lust nicht vernachlässigen, den Sex
lebendig halten – und vor allen Dingen: drüber reden.
So. Jetzt hab ich aber genug gesagt. Sonst ist das am
Ende für mich noch geschäftsschädigend.

Fetisch

Es gibt nichts, was es nicht gibt. Das fasst es eigentlich ganz gut zusammen. Ich habe mir mal die Mühe
gemacht und in einschlägigen Foren recherchiert. Klar
gibt es die Klassiker: Fuß-Fetischisten – Leute, die auf

Latex, Nylon oder Leder stehen. Es gibt aber auch sehr ausgefallene Sachen. Damit Sie mal einen kleinen Einblick in die Szene bekommen, liste ich Ihnen hier meine persönliche Top-Ten auf. Es sind alles Foren, in denen Liebhaber und Spezialisten Bilder und Infos austauschen.

10. Frauen in Overalls (so was von unsexy – man sieht ja nichts!)
9. Frauen mit Armbanduhren (meist sind sie auf den Fotos nicht mal nackt)
8. Frauen mit Schreibmaschinen (die Mitglieder stellen betrübt fest, dass es immer seltener Bilder gibt)
7. Frauen, die sich Gurken einführen (jedes Gemüse hat ein eigenes Forum)
6. Frauen mit buschigen Augenbrauen (nur wenige Einträge – eine Marktlücke!)
5. Frauen, bei denen eine Brust kleiner ist als die andere (schon sehr speziell)
4. Frauen mit gestreiften Polo-Shirts (warum nicht geblümt? Ach so, das gibt es auch...)
3. Frauen mit Socken in High Heels (kein Kommentar!)
2. Frauen nackt im Kopfstand (immerhin 39 Fotos!)
1. Frauen in Star Trek-Uniformen (einfach unschlagbar)

Aus meiner Sicht kann ich nur sagen: Fetischisten sind in der Regel gute Kunden. Sie sind nicht einfach, weil sie oft sehr konkrete Vorstellungen haben, die nicht immer leicht umzusetzen sind. Auf der anderen Seite ist der Wunsch nach Befriedigung sehr stark – da werden auch größere Geldsummen investiert. Oft lässt sich der Fetisch mit der Lebenspartnerin nicht ausleben – die Männer schämen sich, von ihrer Vorliebe zu erzählen, oder die Partnerin blockt entsprechende Versuche frühzeitig ab. Ein schwerer Fehler.

Diese Männer werden immer ein Geheimnis mit sich herumtragen, das ihre Sexualität zutiefst beeinflusst. Und sie werden sich die Befriedigung woanders suchen. Bei mir im Zweifel. Ich bin für sie da. Ich höre mir ihre Wünsche an – ohne Häme, ohne Abscheu. Ja, manchmal interpretiere ich die Vorlieben aus vorsichtigen Andeutungen. Dann setzen wir diese Vorstellungen gemeinsam um, und nicht selten ist es ein langsames Herantasten – denn nicht immer wissen die Männer, was genau sie eigentlich suchen. Dann irgendwann zum Ziel zu kommen, ist ein außergewöhnliches Erlebnis. Dieser Moment der Erfüllung sehnlichster Träume. Er entgeht den Partnerinnen so einiger Männer.

Gangbang

Ursprünglich war das wohl mal eine Bezeichnung für eine Gruppenvergewaltigung. Inzwischen steht es eigentlich für einvernehmlichen Gruppensex. Wie Sie ja schon aus meinen Geschichten wissen, mag ich Sex mit mehreren Männern, mit Paaren oder Männern und Frauen. Ich habe dann mehr Freiheiten – muss mich nicht nur um einen Mann kümmern und zusehen, dass er zufrieden ist. Ich kann zwischen Schwänzen wählen –

mal einen reiten, mal einen lutschen, oder einfach mal mich verwöhnen lassen. Meist benehmen sich die Männer besser, wenn andere Menschen um sie herum sind. Da funktioniert schon eine gewisse Sozialkontrolle – die Männer sind in der Regel respektvoll, und wenn einer zu aufdringlich wird, dann greifen die anderen auch ein. Insofern bin ich einem schönen Gangbang selten abgeneigt.

Gangbangs sind aber auch ein beliebtes Geschäftsmodell geworden. Jeder männliche Teilnehmer zahlt eine gewisse Gebühr – die in der Regel deutlich niedriger ist, als wenn er mit einer Hure alleine wäre. Die Frau oder die Frauen haben durch die Vielzahl der Männer einen Stundenlohn, der deutlich über dem normalen Satz liegt. Natürlich ist es mehr Arbeit – denn jeder will am Ende ein- oder mehrmals abgespritzt haben. Aber es lohnt sich, und wenn es gut läuft, kann es sogar ganz lustig sein.

Haus- und Hotelbesuche

Willi ruft mich immer dann zu sich, wenn seine Frau zu Hertha geht. Ja, es klingt komisch, aber es ist tatsächlich so: Willis Frau ist Fußballfan, sie hat eine Dauerkarte und verpasst kein Heimspiel. Willi findet Fußball langweilig und geht nicht mit ins Stadion. Er nutzt die Zeit, um sich mit mir im Ehebett zu vergnügen. Ich vermute fast, dass Willi – der so um die 60 Jahre alt ist – auch diesen Thrill genießt: dass jederzeit seine Manuela nach Hause kommen könnte. Die Gefahr besteht durchaus, denn gern bucht er noch einen Mann oder ein Pärchen dazu. Willi hat einen – nun ja – sehr kleinen „Willi" (sorry, aber das musste jetzt einfach sein). Zum Wichsen nehme ich den Kleinen zwischen Daumen und Zeigefinger, und so richtig hart wird er auch dann nicht. Aber Willi schaut gern zu, wie ich es mit einem Mann oder einem Pärchen treibe, dabei streichle ich ihn, wichse und blase ein bisschen – und manchmal ejakuliert er dann auch ein wenig.

Kompliziert wird es meist wegen seiner Terminplanung. Er ruft an, wenn Manuela ihren blau-weißen Schal um den Hals geschlungen hat und die Wohnungstür hinter sich zuwirft. Dann erwartet er, dass ich zügig vorbeikomme – und die anderen Teilnehmer ebenso. Ich weiß nicht, wie oft wir zu zweit da saßen und warteten, weil der Mann oder das Pärchen sich verspäteten. Manche spielen ja auch absichtlich auf Zeit und brauchen dann noch ewig im Bad oder quatschen dumm rum. Im Kopf rechne ich dann immer aus: zwei Halbzeiten plus Pause, plus Hin- und Rückfahrt... Ich bin mir sicher, irgendwann geht die Tür auf und Manuela sieht folgende Szene: ich hocke vor ihrem Mann und lutsche den kleinen Willi. Auf dem Ehebett nimmt ein Typ eine Nackte in High-Heels gerade ordentlich von hinten ran. Und Willi brüllt aus dem Sessel dazu: „Ja, richtig so! Besorg's ihr! Na los!"

Will ich das wirklich erleben? Nein, nicht unbedingt. Hotelbesuche sind mir lieber als Hausbesuche. Ich fühle mich sicherer, und um die Sauberkeit ist es meist auch besser bestellt. In der Regel treffe ich mich mit meinen Kunden in der Lobby. Wir trinken kurz was an der Bar und gehen dann rauf aufs Zimmer. So habe ich die Möglichkeit, den Mann wenigstens kurz mal kennen zu lernen – im Zweifel könnte ich ja noch ablehnen. Das habe ich allerdings bisher nicht oft getan.

In Berlin kenne ich inzwischen fast jedes Hotel. Ich war im Adlon und im Ritz, aber auch in ziemlich billigen Absteigen. Eines habe ich dabei festgestellt: die Preisklasse der Unterkunft sagt nichts über meinen Kunden aus. Es gibt Geizige in Luxushotels und nette Zuvorkommende in den Billig-Ketten. Das Ambiente der 5-Sterne-Häuser weiß ich allerdings zu schätzen. Ein großes Bad, ein bequemes Bett, eine gut gefüllte Minibar – das hat schon was.

Intimrasur

Klar, ich rasiere mich. Das ist in meiner Generation so üblich – und das wird vor allem in meinem Job so erwartet. Wobei ich nicht alles wegmache – ein kleiner Streifen muss unten schon stehen bleiben. Komplett haarlos sind nur kleine Mädchen, meiner Meinung nach - und auf Freier, die darauf stehen, hab ich wiederum überhaupt keine Lust.

Männer mag ich dagegen am liebsten völlig ohne Körperbehaarung. Im Intimbereich versteht sich das von selbst – das ist beim Sex nur eklig und störend. Aber ich mag auch sonst keine stark behaarten Männer. Und ganz gegen den derzeitigen Trend stehe ich auf bartlose, glattrasierte Typen, die beim Küssen und Lecken nicht pieken, kitzeln oder kratzen.

Jungfrau

Es gibt zwei Varianten:

1) Die Frau hat noch nie. Soll unter Freiern extrem gefragt sein. Ich finde das pervers, und Männer die Mädchen gegen Geld entjungfern, gehören ins Gefängnis. Mehr hab ich dazu nicht zu sagen.

2) Der Mann hat noch nie. Kann passieren, kommt öfter vor. Ein Mann steht da offenbar unter größerem Druck. Alle Freunde reden drüber, wie geil das ist. Und selber bist du aber noch nie zum Schuss gekommen. Was liegt da näher, als der Besuch bei einer Hure. Meine Lieblingskunden sind Jungfrauen nicht. Oft sind sie so aufgeregt, dass sie gar nicht können oder aber viel zu früh und unkontrolliert ejakulieren. Eine nette, entspannte Atmosphäre kommt in der Regel nicht auf, weil die Männer sich häufig dafür schämen, dass sie für Sex bezahlen müssen. Daher sieht man solche Kunden meist auch nicht wieder.

Kondom

Es ist wohl eines der letzten großen Mysterien der Menschheit: warum Männer Sex ohne Kondom wollen. Fragen Sie mal andere Huren. Die werden es Ihnen bestätigen. Seit über 30 Jahren wissen wir von AIDS – ganz zu schweigen von anderen Geschlechtskrankheiten - trotzdem höre ich immer wieder die Frage: „Machst du es auch ohne?"

Also, ein für alle mal: nein, ich mache es nie ohne – und ich mache es nicht mal _mit_ Kondom mit denen, die mich so was fragen. Mit solchen Leuten will ich nichts zu tun haben. Sie gefährden das Leben von sich und anderen. Auf sogenannte Schnelltests gebe ich gar nichts.

Ich frage mich, wie das sein kann – dass Familien-Väter ohne Schutz Geschlechtsverkehr mit einer Frau haben, von der sie wissen, dass sie viele verschiedene Sexualpartner hat und vermutlich auch bei denen keinerlei Vorsichtsmaßnahmen trifft. Solche Männer gehen dann nach Hause und vögeln munter ihre Ehefrau? Ich kann daraus nur folgende Schlussfolgerungen ziehen:

Ganz offensichtlich gibt es Huren, die ihre Dienste auch ohne Kondom anbieten. Sonst würde nicht immer wieder danach gefragt. Dass die finanzielle Not solcher Frauen ausgenutzt wird, ist eine Schande. Ich will aber auch den Frauen die Verantwortung nicht absprechen. Auch sie wissen sehr genau, was sie da tun. Letztlich ließe sich dieser Sumpf nur trockenlegen, wenn keine Hure mehr „AO" (alles ohne) anbieten würde.

Ich hatte sogar diesen Gedanken: vielleicht empfindet der Mann tatsächlich ohne Kondom eine intensivere Lust beim Verkehr. Eine so viel intensivere Lust, dass sie die Gefahr aufwiegt. Ich kann es nicht beschwören. Ich habe meine Kunden danach gefragt, die wollten mir das so nicht bestätigen. Aber irgendeinen starken Reiz muss Sex ohne Kondom auf Männer ausüben. Vielleicht ist es ja die Lust am Risiko? So wie manche Sex im Freien mögen, weil sie da erwischt werden könnten. Oder steckt dahinter der Gedanke, die Frau erst auf diese Weise tatsächlich zu besitzen?

Ich habe in meinen Jahren als Freudenmädchen einiges über die männliche Sexualität gelernt. Ich weiß, dass ein erigierter Schwanz das ganze Blut aus dem Hirn abzieht und klares Denken nicht mehr möglich ist. Aber bei der Planung eines Dates oder bei der Verabredung mit einer Hure sollte doch immerhin noch die Vernunft mit im Spiel sein. Nein, in diesem Punkt verstehe ich manche Männer einfach nicht.

Lesben-Sex

Grundsätzlich stehe ich auf Männer – aber es war eine Frau, die mich erstmals zum Orgasmus gebracht hat. Frauen wissen halt schon besser, wie sexuelle Erregung beim weiblichen Geschlecht funktioniert. Insofern genieße ich Liebkosungen von Frauen, ich kann auch einen schönen Busen bewundern und finde weibliche Körper durchaus ästhetisch – aber wenn ich die Wahl habe zwischen Schwanz und Muschi, dann muss ich nicht lange überlegen. Das Lecken einer Frau gibt mir nicht viel. Einen schönen Schwanz zu blasen, finde ich mit dem richtigen Mann dagegen ziemlich geil.

Natürlich kann ich professionell sein. Männer lieben es, wenn sich zwei Frauen gegenseitig heiß machen. Vor allem, wenn er dann mit seinem Schwanz noch dazu kommen kann. Eine solche Show ziehe ich gern und genussvoll ab – aber das ist mehr Handwerk als echte Freude.

Medikamente

Auch auf die Gefahr, dass Sie mich jetzt für spießig halten: ich rate ab von Drogen und potenzsteigernden Medikamenten. Ja, ich habe auch eine Zeit lang gekokst und Pillen eingeschmissen. Es half mir wach zu bleiben, und es hat auch die Lust tatsächlich gesteigert. Aber es war nie wirklich schön. Und es hat mich auf die Dauer krank gemacht. Ich konnte damit aufhören – ohne Entzug oder Therapie – so schlimm war es nie. Aber um im Swinger-Club über Stunden durchzuhalten ging es nicht anders. Dachte ich zumindest. Dabei ist es ziemlich absurd gegen Geld zu vögeln und einen Gutteil des Geldes für Koks auszugeben, damit man die Rammelei auch aushält. Ich habe den Club dann verlassen, und damit war das Thema durch.

Männer, die zu Huren gehen, werfen allerdings alles Mögliche ein. Auch da kann ich nur abraten. Ich hatte Bekiffte, Zugekokste und Besoffene. Und natürlich die mit dem Dauerständer – vermutlich dank Viagra. Wobei ich den Eindruck habe, dass Potenz-Pillen zwar für Stehvermögen sorgen – dass Männer dafür dann aber nicht mehr richtig kommen können. Wenn ich also überhaupt mit solchen Männern etwas anfange, ist es nur in seltenen Fällen für sie eine Freude. Meist überwiegen die Nachteile der Nebenwirkungen.

Also, um es kurz zu machen: Kommt einfach so wie Ihr seid. Schmeißt nix ein, lasst Euch nicht zulaufen. Sex ist dann am besten, wenn man ihn mit allen Sinnen genießen kann, und wenn man sein Gegenüber dabei auch wahrnimmt.

No-Gos

Also es gibt so ein paar Sachen, die ich niemals machen würde. Sex ohne Kondom gehört, wie Sie wissen, auf jeden Fall dazu. Natursekt und Kaviar stehen auch auf meiner Liste. Zumindest passiv. Ich würde mich niemals anstrullern oder bekacken lassen, um es mal etwas derb auszudrücken. Wie gesagt, bin ich in Ausnahmefällen bereit, selbst Sekt und Kaviar zu spenden – aber das geht schon an meine Grenzen. Das mache ich nicht für jeden.

Dann diese ganzen Sado-Maso-Sachen. Fesseln ist ok, wenn ich den Kunden gut kenne. Leichte Schläge auf den Hintern machen mich sogar ein bisschen an. Aber richtige Schmerzen sind nichts für mich. Es gibt echt kranke Leute da draußen – da muss man sich nur mal anschauen, was alles so im Netz zu haben ist. Da werden Frauen vergewaltigt und gefoltert – und ich habe nicht den Eindruck, dass das „special effects" oder „stunt women" sind. Man bekommt schon ein bisschen das Gruseln, wenn man sieht, worauf einige Männer so stehen. Umgekehrt will ich aber auch niemand verletzen oder schlimme Schmerzen zufügen. Ich habe Kunden, die wollen, dass ich Ihre Schwänze schlage oder abschnüre, dass ich Ihnen in die Hoden trete oder ihre Eier mit den Händen quetsche.

Das fiel mir anfangs nicht leicht. Erst nach und nach kam ich an den Punkt, das richtig einschätzen zu können. Aber Freude macht es mir nicht. Und extreme, masochistische Wünsche lehne ich weiterhin ab.

Interessant ist vielleicht, dass ich auf meiner Internet-Seite sehr genau schildere was geht, und was nicht geht. Und nicht wenige fragen genau nach den Sachen, die unter meinen No-Gos aufgeführt sind. Dabei bin ich nicht gerade prüde. Ich mache Sex zu dritt oder zu mehreren. Ich begleite Männer in Swinger-Clubs. Ich gebe die Domina oder die Soft-Sklavin. Ich bin für Anal-Sex zu haben, und ich mach's auch im Auto, wenn's sein muss.

Es gibt für mich nur wenige Tabus: ich simuliere keine Vergewaltigung. Und ich spiele auch keine Minderjährige. Ja, es gibt einige Sachen, die sogar ich krank oder pervers finde: das ist vor allem die Sparte „Daddy-Sex" (es gibt zahllose Videos dazu im Netz) – da werden Männer von jungen Frauen verführt, die so tun, als seien sie die Töchter. Einer der seltenen Momente, wo ich mir das Eingreifen einer Sex-Polizei wünsche.

Orgasmus

In der Regel wollen alle meine Kunden zum Orgasmus kommen. Es gibt nur wenige Ausnahmen. Ich hatte mal einen Kunden, der wünschte sich, dass ich im Bikini Badespielzeug aufpuste: einen Ball, einen Delfin, eine Badeinsel mit Palme. So was. Ich war nicht nackt. Er holte sich keinen runter. Er fasste mich nicht an. So ganz verstanden hab ich das nicht – vielleicht war es am Ende doch so eine Minderjährigen-Nummer, und ich hab's nur nicht kapiert. Es floss also ausnahmsweise mal kein Sperma. Anstrengend war es trotzdem. Pusten Sie mal eine komplette Badeinsel auf! Mir war so schwindelig, ich bin fast umgekippt.

Männer ohne Niveau messen die Qualität meiner Leistung an der Zahl ihrer Orgasmen. Das sind die, die vorher schon fragen: wie oft kann ich dann kommen? Theoretisch kann bei mir in der verabredeten Zeit jeder sooft einen Orgasmus haben, wie er will. Aber es gibt nichts Öderes als die ganze Zeit darauf hinzuarbeiten. Zumal kaum ein Mann wirklich oft abspritzen kann. Viele haben schon im Anlauf zum zweiten Orgasmus Erektionsprobleme. Ein dritter Orgasmus ist selten – und noch seltener bringt er irgendjemand Freude. Das sture Rammeln, um doch noch was rauszuholen, lässt keinen Spaß am Sex mehr zu.

Ich mag Männer, die wissen, wann es reicht – und die die Zeit *vor* ihrem Orgasmus zu genießen wissen. Es gibt aber auch die „Gentlemen", die unbedingt *mich* befriedigen wollen. Oft ist das nicht selbstlos, sondern meiner Meinung nach verbirgt sich dahinter nur eine etwas komplexere Art von Narzissmus. Wer die Hure zum Orgasmus bringt, der ist halt der ultimative Lover schlechthin. Ich will das erst einmal nicht generell verurteilen. Da ist ja im Ansatz was Positives dabei: der Mann nimmt mich wahr. Ich bin nicht nur ein Gegenstand der Befriedigung für ihn. Er interessiert sich möglicherweise tatsächlich für meine Bedürfnisse und würde sie vielleicht auch befriedigen wollen. Das ist alles sehr schön – doch die Wahrheit ist wie so oft: komplizierter.

Unter uns kann ich es ja gestehen: ich hatte bei normalem Geschlechtsverkehr noch nie einen Orgasmus. Nicht mit Kunden, nicht mit Lovern. Nicht mal mit meiner großen Liebe. Es hilft kein Lecken, kein Fingern, kein Stoßen. Es hilft nur: Technik. Ich brauche einen guten Vibrator und Zeit für mich. Das heißt nicht, dass ich keinen Spaß am Sex habe. Ich denke, das muss ich Ihnen nach der Lektüre meiner Geschichten nicht mehr erklären. Ich genieße ihn auf vielfältigste Weise. Doch mein Orgasmus ist ein seltenes Geschenk, und meist gehört es mir ganz allein!

Da ich aber weiß, dass manche Männer das wünschen, lasse ich mich von ihnen scheinbar zum Höhepunkt vögeln. Ich vermute mal, dass das zwischen uns eine unausgesprochene Abmachung ist: ich tue so, als ob ich komme – er tut so, als ob er mir das abnimmt. Vielleicht glauben es manche aber auch wirklich. Es gibt so Typen.

Penis

Also, eines schon mal gleich vorweg: Die Nase eines Mannes gibt keinen Hinweis auf die Größe seines Johannes. Tatsächlich ist es ein Thema, das Männer beschäftigt. Ist mein Penis vielleicht zu klein? Ein interessanter Aspekt ist dabei, dass es niemand problematisch findet, wenn sein gutes Stück zu groß ist. Dabei ist das für die Frau wesentlich unangenehmer – weil schmerzhaft.

Was ist für mich der ideale Schwanz? Ich bevorzuge Mittelmaß. Normale Länge, normale Breite. So einfach ist das. Ist er zu lang, tut das weh. Ist er zu dick, tut es auch weh – nur anders. Die Größe wird also bei weitem überschätzt. Wichtig ist in Wirklichkeit die „Steifigkeit". Ich mag es nicht, wenn der Schwanz schlapp ist. Ich will ihn in mir spüren. Ich will ihn steuern können. Das geht nur, wenn er schön hart ist.

Wichtiger als die Größe eines Schwanzes ist - ehrlich gesagt – die Sensibilität seines Besitzers. Schlechter Sex passiert in der Regel nicht, weil ein Mensch von der Natur schlecht ausgestattet wurde. Guter Sex hat dagegen für mich extrem viel mit Charisma, Selbstbewusstsein und Sensibilität zu tun. Mein Partner muss spüren, was mir gefällt und was nicht. Er muss ein Gefühl für den Augenblick haben. Er muss auch mit Situationen umgehen können. Oft passieren beim Sex seltsame Dinge, die so gar nicht sexy sind. Blöde Pannen. Dann mag ich es, wenn wir gemeinsam darüber lachen können. Nichts ist schlimmer als Verbissenheit beim Sex. Nur wenige haben auch ein Gespür dafür, einfach mal eine Pause einzulegen. Einen Gang zurückschalten. Was trinken. Und dann irgendwann wieder in Fahrt kommen. Das geht nur, wenn jemand die Sensorik dafür hat.

Mein Tipp also für alle schwanzfixierten Männer: vor dem Sex mit einer echten Frau nicht zu viel wichsen. Kurz gesagt: nur ein harter Schwanz ist ein guter Schwanz.

Quickie

Ich liebe Quickies. Jedenfalls im privaten Leben. Ich finde, sie sind wie Pommes mit Majo. Man überlegt nicht lange, man gibt einfach mal der Lust nach und genießt. Ich mag Quickies zu unterwarteten Zeiten oder an ungewöhnlichen Orten. Oft wird es dadurch besonders leidenschaftlich und intensiv. Dabei warte ich nicht immer auf eindeutige Angebote eines Mannes. Wenn mich die Lust überkommt, weiß ich das deutlich zu machen, und ich wurde bisher nur selten enttäuscht. Ab und zu treffe ich auf Männer, die sich so spontan unter

Druck gesetzt fühlen und auf Verlangen einfach nicht können. Aber in der Regel ist es wunderbar aufregend.

Im Job sind Quickies allerdings etwas ganz anderes. Da steht der Begriff eher für den billigsten käuflichen Sex. Fragt ein Kunde am Telefon nach dem Preis für einen Quickie, weiß ich schon, dass wir nicht zusammen kommen werden. Er will dann möglichst wenig bezahlen, aber eben doch das komplette Programm geboten bekommen. Ich habe aber keine Lust auf Feilschereien – nicht am Telefon und erst recht nicht beim Sex. Ich will meine Zeit mit Männern verbringen, die das zu schätzen wissen. Mit ihnen können Quickies aber durchaus mal einen längeren Abend aufpeppen. Eine schnelle Nummer im Auto vor dem gemeinsamen Besuch eines Restaurants kann dem restlichen Abend eine gewisse Würze verleihen. Stunden später geht es erneut zur Sache – dann aber so richtig.

Rollenspiele

Ich mag es, mich zu verkleiden - mich zu schminken und mich zu verstellen. Leider sind Rollenspiele mit Kunden jedoch nicht so abwechslungsreich, wie viele vielleicht annehmen. Es gibt offenbar nur ein paar Grundsituationen, die Männer reizvoll finden, und die sie in unzähligen Porno-Filmen gesehen haben: die Sekretärin, die ihren Chef verführt. Die Praktikantin, die ihren Chef verführt. Die Chefin, die ihren Mitarbeiter verführt. Und so weiter. Das Langweilige dabei: der eigentliche Plot trägt nicht für lange Rollenspiele. Nicht im Film und nicht im „wahren Leben". In kürzester Zeit ist man beim Sex angekommen. Ich finde das schon in Pornos ziemlich ernüchternd. Die Realität mit dem Kunden bleibt allzu oft sogar dahinter noch zurück.

Sperma

Für Männer ist Sperma fast so wichtig wie die Schwanzgröße. Sie lieben es, wenn man Ihnen sagt: „Oh, so viel Sperma! Hast du mich aber vollgesaut." Jeder, der Wikipedia lesen kann, weiß, dass die Menge des ejakulierten Spermas in der Regel gerade mal einen Teelöffel füllt. Egal. Das Sperma ist der Beweis der Potenz. Je weiter es spritzt, und je mehr davon spritzt, desto besser. Ein richtiger Mann spritzt seine Soße quer durch den Raum – das kann man aus Pornos lernen. Zwar weiß auch jeder, dass in Pornos künstliches Sperma unter Hochdruck literweise verschossen wird. Egal. Nichts finden Jungs geiler als all das zu besamen, was man eigentlich nicht schmutzig machen sollte: Mobiliar, Kleidung, Make-up, Haare, Brillen, Gesichter, Körper, Muschis.

Ich schlucke kein Sperma - ich sagte es bereits – ich lasse mir auch nicht von meinen Kunden ins Gesicht spritzen. Hauptsächlich weil das Zeug in den Augen brennt. Ansonsten hab ich gegen Sperma nichts – manchmal spiele ich nach dem Sex ein bisschen damit zur Freude der Männer. Die finden es obergeil, wenn sie mir auf die Brüste gespritzt haben und ich dann anfange, die Soße zu verteilen, Fäden zu ziehen und dabei spielerisch zu tadeln: „Puh, was für eine Sauerei. So viel Sperma. Böser Junge!" Aber das sagte ich ja bereits.

Treue

Ein schwieriges Thema für mich. Aber ich will ehrlich zu Ihnen sein. Ich weiß, dass es unlogisch ist, aber ich bin sehr eifersüchtig, und ich könnte nicht ertragen, wenn mein Freund mit einer anderen Frau schläft. Ja, ich weiß – das ist seltsam. Das passt überhaupt nicht zu meinem Job und meinem sonstigen Verständnis von Sexualität – blablabla. Ist aber so. Ich versuch's mal für mich zu fassen: Wenn ich meinen Job einfach mal außer Acht lasse, bin ich meinen Freunden bisher immer treu gewesen. Zwar habe ich mich von allen irgendwann getrennt – und meist wegen eines anderen Mannes. Ich bin aber nie wirklich fremdgegangen. Hatte ich mich verliebt, dann habe ich Schluss gemacht, bevor es wirklich ernst wurde. Ich finde, das ist eine Leistung.

Über meinen Job habe ich meine Freunde nie im Unklaren gelassen. Auch hier habe ich die Wahrheit gesagt, sobald es ernster wurde. Das hat nicht jeder verstanden, und es war für alle nicht einfach. Aber auch da bin ich immer ehrlich gewesen. Es ist für einen Mann nicht leicht mit einer Frau wie mir zusammen zu leben. Mein Job ist ein Thema – das ist ganz klar. Das merke ich spätestens, wenn eine Beziehung zu Ende geht. Dann kommt all das hoch – dann wird all das gegen mich ins Feld geführt. Und natürlich schwingt es auch bei mir untergründig immer mit. Nehmen wir an, ich hatte ein längeres, anstrengendes Sex-Treffen mit einem Kunden. Ich komme nach Hause und schmuse mit meinem Freund. Manchmal würde ich dann vielleicht gern einfach nur kuscheln oder mich ein wenig verwöhnen lassen. Manchmal denke ich dann, dass er vielleicht mehr will, dass er aber denkt, dass ich nicht will, weil ich eben schon Sex hatte. Und dann haben wir eben doch Sex. Kompliziert, oder? Es ist insofern okay, als ich für guten Sex immer empfänglich bin – auch nach einem langen harten Arbeitstag. Wenn mein Liebster das Richtige tut, kann es trotz allem eine wilde, schöne Nacht werden. Aber gänzlich unbelastet bleibt eine Beziehung von diesem Job nicht.

In Sachen Partnerschaft bin ich eigentlich ziemlich konservativ gestrickt. Da wünsche ich mir einen Mann, mit dem ich Kinder habe, und mit dem ich mein Leben lang glücklich bin. Manchmal denke ich, das könnte gelingen, gerade weil ich Hure bin. Ich weiß ja ziemlich gut, was Männer glücklich macht, und was sie zu anderen Frauen treibt. Manchmal denke ich aber auch, dass ich mit diesem Job und dieser Vergangenheit niemals den richtigen Mann finden werde. Da hab ich momentan keine Lösung, und manchmal lässt mich das schon an allem zweifeln.

Manche Kunden fragen mich, ob ich daran glaube, dass Männer überhaupt treu sein können – immerhin erlebe ich ja täglich, wie leicht verführbar sie sind. Und die allermeisten betrügen mit mir ihre Partnerin. Es klingt vielleicht naiv, aber ich glaube, dass es Männer gibt, die treu sind. Und dass ich den Richtigen eines

Tages finden werde. Bei einem bin ich mir sicher: es wird kein Kunde von mir sein. So blöd sich das anhört: ich will keinen, der zu einer wie mir geht.

Unterwäsche

Leider weiß es kaum ein Mann zu schätzen. Ich gebe ein Vermögen für exklusive Dessous aus, Korsagen, Strapse, halterlose Strümpfe, BHs, Tanga-Strings, Latex-Fummel. Nach kürzester Zeit reißen die Männer mir die Sachen vom Leib, und die teuren Fummel landen auf dem Fußboden neben dem Bett. Trotzdem gebe ich nicht auf. Ich fühle mich sexy in schicken Dessous – ich weiß um meine Wirkung und genieße das. Ein kleiner Tipp also, liebe Männer: eine Frau freut sich über ein Kompliment. Auch wenn ihr gerade nur den nahenden Sex im Kopf habt: ein paar nette Worte über meine hübsche Unterwäsche würden mich sehr, sehr freuen!

Vagina

Wahrscheinlich hat es jeder Junge mal in der Schule gelernt: wie die weiblichen Geschlechtsteile aussehen, und welche Funktionen sie haben. Ich staune immer wieder darüber, dass Männer einen Großteil ihrer Zeit damit verbringen, Frauen zwischen die Beine zu gucken – dass sie aber trotzdem erschreckend wenig Ahnung von der weiblichen Anatomie haben. Kaum jemand kann zwischen Vulva und Vagina unterscheiden. Viele meinen, dass es reicht mit der Hand „da unten" rumzurubbeln, damit die Frau feucht wird, und man endlich zum eigentlichen Teil übergehen kann.

Ich habe schon einige meiner Kunden damit verblüfft, dass ich Ihnen die wesentlichen Details mal anschaulich erklärt habe. Das macht offenbar kaum eine Frau. Mein Eindruck war aber, dass die Männer das ziemlich interessant und durchaus erregend finden. Ich beginne dann in der Regel mit den Schamlippen. Streiche mit den Fingern zart darüber und genieße die Blicke der Männer. Ich erläutere detailliert die Klitoris – schiebe die Schamlippen zur Seite, ziehe die Vorhaut zurück und widme mich vorsichtig meiner Perle. Dabei stecke ich mir (zugegebenermaßen etwas lasziv) den Finger in den Mund, um dann meine Klitoris schön mit Spucke einzuschmieren. Es ist der Moment, wo die meisten schwer schlucken. Mein Finger umkreist den Eingang zur Vagina und schiebt sich dann vorsichtig hinein. Spätestens dann ist es um meine wissenschaftliche Seriosität geschehen...

Windeln

Ja, auch ich hatte so einen Kunden. Er wollte die Baby-Nummer. Und zwar komplett. Zuerst habe ich ihn gebadet und gründlichst gewaschen. Auch sein süßes Pullermännchen wurde ausgiebig gesäubert. Da gluckerte der Kleine vor Freude!

Dann gab's eine frische Windel und leckeren Brei, von dem er nur ganz wenig verkleckerte. Und anschließend durfte er ein bisschen an meiner Brust nuckeln. Das hat ihn sehr glücklich gemacht. Die ganze Zeit habe ich natürlich mütterlich auf ihn eingeredet und ihn betüddelt. Mal gelobt, mal getadelt. Mal gab es einen kleinen Klaps auf den Po, mal ein paar Streicheleinheiten.

Nach zwei Stunden dann schlüpfte mein Riesen-Baby in Anzug und Krawatte – es hatte nämlich noch ein super wichtiges Meeting mit einem Kunden aus China.

Xenophilie

Ich bin keine Expertin für Altgriechisch – ich muss an dieser Stelle ein Geständnis machen: mir ist einfach nichts Sinnvolles eingefallen, was ich unter dem Buchstaben X schreiben könnte. Also bin ich ein bisschen auf die Suche gegangen und fand den seltsamen Begriff „Xenophilie" – angeblich ist es „die Lust auf Fremdes".

Keine Ahnung, ob ich das jetzt richtig interpretiere, aber ich finde mich da wieder. Mir scheint, ich bin nicht wirklich für die Monogamie geschaffen. Es gibt bei mir so diese Phasen der Verliebtheit. Da will ich nur mit meinem Liebsten ins Bett. Vielleicht mache ich nebenbei auch Termine mit Kunden – aber das zählt nicht richtig. Die treffe ich eher wegen des Geldes und nicht weil ich sie für ein befriedigendes Sex-Leben bräuchte.

Ich habe aber festgestellt, dass mir „normaler" Sex mit einem (in Zahlen: 1) Mann auf die Dauer schon etwas langweilig wird. Irgendwann haben wir alles mal ausprobiert. Zu verschiedenen Zeiten. An diversen Orten. Auf unterschiedlichste Weise. Dann habe ich Lust weiter zu gehen, und ich würde meinen Liebsten zum Beispiel gern in einen Swinger-Club schleppen. Weil mich das erregt, wenn andere Männer uns beim Sex zuschauen – oder wenn der ein oder andere hübsche Kerl sich dann dazu gesellt.

Man kennt das Umgekehrte aus männlichen Phantasien: der Pascha, der sich von zwei Frauen gleichzeitig verwöhnen lässt. Wenn ich ganz ehrlich bin, dann ist dies *meine* Vorstellung von heißem Sex: mein Liebster und ich – und ein zweiter schöner Mann. Ein geheimnisvoller Unbekannter – sensibel und mit großem Stehvermögen. Leider habe ich meinen idealen Partner für dieses Abenteuer noch nicht gefunden. Also geheimnisvolle Unbekannte habe ich schon viele getroffen. Die gibt es, und der Sex mit ihnen kann wunderbar sein. Schwieriger ist es, einen Freund zu finden, der all das ebenso faszinierend findet wie ich – und der mit mir immer wieder zu neuen Abenteuern aufbricht.

Y-Chromosom

Von Freundinnen werde ich immer mal wieder gefragt: Und? Wie sind die Männer so? Offenbar werde ich als Expertin auf diesem Gebiet angesehen. Man vermutet, dass ich das „wahre Wesen" der Männer kenne. Und vielleicht ist da zumindest zu einem Teil etwas dran. Natürlich gibt es nach außen häufig diese Fassade des taffen, erfolgreichen Mannes. Er liebt seine Frau und seine Kinder. Er hat einen guten Job. Er trifft kluge Entscheidungen.

Was passt nicht in dieses Bild? Dass er zu einer wie mir geht. Warum gehen Männer, die doch eigentlich alles haben, was man sich im Leben nur wünschen kann, zu einer Frau wie mir? Und warum riskieren sie dabei, dass das Bild dieser heilen Welt Risse bekommt? Man sollte meinen, dass ich Männer von einer anderen Seite kennen lerne, die sonst vielen verborgen bleibt. Und vermutlich ist das so.

Auf die Frage, was im Leben zählt, sagen viele (etwas unromantische) Menschen: Geld, Macht, Sex. Und sicherlich ist Sexualität ein ganz wesentlicher Teil der Persönlichkeit. So viel habe ich immerhin mitbekommen in den letzten Jahren. Zumindest habe ich eine Ahnung davon bekommen, welche Dimensionen das Reich der Lüste hat. Es ist ein bisschen so wie wenn Astronomen einem das Weltall erklären wollen. Man kapiert, dass das Universum gewaltige Ausmaße hat (wenn es nicht gar unendlich ist) – und man muss akzeptieren, dass wir nur einen kleinen Ausschnitt sehen und nur sehr wenig mit unserem Verstand wirklich begreifen können.

Ein Freudenmädchen wie ich ist da wie jemand, der durch ein starkes Fernrohr schaut. Ich nehme immer mal wieder ungewöhnliche Phänomene wahr, die anderen verborgen bleiben – doch ich sehe eben nur kleine Ausschnitte aus einem riesigen Universum. Diese Beobachtungen können durchaus ein wenig an Erkenntnis beitragen – aber sie sind eben vereinzelt und zufällig.

Einschränkend sei gesagt: ich lerne ja vor allem Männer kennen, die bereit sind für Sex zu zahlen. Vielleicht stammen meine Versuchstiere also aus einer begrenzten Gruppe, die gar nicht repräsentativ ist. Zugegeben: diese Gruppe erscheint mir relativ groß – und sie geht auch durch fast alle Altersgruppen. Aber ich bin nicht die Expertin, für die ich manchmal gehalten werde. Trotz all dieser Einschränkungen: Meine Erfahrungen teile ich gern. Was ist mir also in den letzten Jahren aufgefallen?

Eine Erkenntnis ist vielleicht etwas banal. Als Kind dachte ich immer: Erwachsene handeln grundsätzlich rational. Sie wissen immer was zu tun ist – und was in welcher Situation das Richtige ist. Ich musste einsehen, dass es bei Männern in der Regel jedoch nur darum geht, den *Anschein* klugen Handelns zu erwecken. Manchmal denke ich, dass Frauen tatsächlich mit den Jahren weiser werden und nach ihren Überzeugungen leben. Das kann manchmal sehr anstrengend oder langweilig sein. Es hat aber auch etwas Beruhigendes.

Männer sind dagegen Kinder, die ihr Erwachsensein nur spielen. Das macht sie oft sehr egoistisch – es sorgt aber auch für Spannung. Da sind versteckte Seiten, verrückte Wünsche und mit etwas Glück: Humor. Männer, die wissen, dass sie im Grunde immer noch kleine

Jungs sind, können ungemein witzig sein. Ich mag Charaktere, die nicht so berechenbar sind. Und ich habe den Eindruck, dass der starke Sexualtrieb des Mannes für eine Menge Überraschungen sorgt. Irgendwie muss jeder mit dieser Seite seiner Persönlichkeit klar kommen – und daraus folgt manchmal eine Gebrochenheit. Hinter der Fassade passiert etwas Verborgenes. Und diese Vorstellung finde ich ungemein spannend.

Was ist mir noch aufgefallen? Dass Männer meinen, nach außen hart und autark auftreten zu müssen. Dass sie aber oft eine tiefe Sehnsucht nach Zärtlichkeit haben, die offenbar nicht erfüllt wird. Es gibt Kunden, die einfach nur gestreichelt werden wollen. Sie liegen eine Stunde lang nur so da und genießen jede Berührung.

Dazu gehört auch, dass Männer sexuelle Wünsche nicht öffentlich thematisieren. Klar reden Männer gern über Sex und darüber, welche Frauen sie attraktiv finden. Ganz offensichtlich sprechen aber viele Männer nicht untereinander - und erst recht nicht mit Frauen - über ihre sexuellen Phantasien. Das empfinden sie wohl als Schwäche. Und so kommen sie zu mir, um sich ihre heimlichen Wünsche erfüllen zu lassen. Diese Wünsche sind sehr verschieden. Jeder Mann ist anders – so banal sich das anhört. Doch mit jedem dieser Männer werfe ich einen kleinen Blick in dieses gewaltige und faszinierende Universum der Sexualität.

Auf die Frage, ob ich „die Männer" kenne, muss ich am Ende daher leider etwas ernüchternd antworten: ich weiß, dass ich nur sehr, sehr wenig weiß. Und irgendwie finde ich das auf der anderen Seite auch tröstlich: zu wissen, dass da noch unglaublich viel zu entdecken ist. Vermutlich ist es auch hier wie mit dem Weltall. Unsere Lebenszeit reicht nicht annähernd aus, um dieses rätselhafte Universum zu durchmessen.

Zungenkuss

Ein gut gepflegtes Klischee ist ja, dass Huren nicht küssen. In Spielfilmen hat das eine lange Tradition. Alles lassen diese käuflichen Frauen auf der Leinwand mit sich machen, aber Küsse auf den Mund sind angeblich reserviert für die wahre Liebe. Rührend, aber nicht real. Gut, ich küsse nicht jeden. Da gehört bei mir Sympathie dazu – und vor allem Hygiene. Männer mit ungepflegten Zähnen küsse ich nicht. Aber sonst finde ich das durchaus sehr anregend. Warum also darauf verzichten?

Z wie Zweifel

Am Ende will ich noch etwas anfügen in meinem kleinen Huren-ABC. Ich habe das Geschriebene noch einige Male gegengelesen, und irgendwie bin ich nicht ganz zufrieden damit. Ich bin nicht die Frau, die zu allem etwas zu sagen hat. Die immer Bescheid weiß. Die kühl und abgeklärt über Männer und Sex schreibt.

Etwas Entscheidendes fehlt. Der Ehrlichkeit halber muss ich gestehen, dass ich immer wieder auch Zweifel habe. Ob ich den richtigen Weg gewählt habe. Ob ich vielleicht einen schrecklichen Fehler begangen habe. Es gibt nicht viele Frauen, die freiwillig Sex gegen Geld tauschen. Bin ich ein Geisterfahrer auf der Autobahn – und nicht fähig, das zu erkennen? Macht dieser Job etwas mit mir, was ich nicht will? Diese Zweifel kommen immer mal wieder hoch – vor allem, wenn eine Beziehung scheitert. Dann frage ich mich, ob ich jemals einen Mann und Kinder haben werde – ob ich mit einer eigenen Familie glücklich sein kann. Sie meinen, ich müsste es eigentlich besser wissen? Weil ich doch bei meinen Kunden sehe, dass das „Familienglück" eigentlich nur Fassade ist? Ich gebe zu: ich bin eine widersprüchliche Person. Unsicher. Unwissend. Suchend. Meist mutig und stark – manchmal aber auch einfach nur ratlos.

An diesem Buch habe ich über einen Zeitraum von drei Jahren geschrieben. Dabei hat sich auch einiges in meinem Leben verändert. Ich habe einen Mann kennen gelernt – meinen Traummann. Er wusste anfangs nichts von meinem Nebenjob. Diesmal ging ich etwas vorsichtiger vor. Ich versuchte ihm schonend beizubringen, was ich neben meiner eigentlichen Arbeit noch so tat. Und schnell wurde klar, dass er das nicht akzeptieren würde. Ich musste also abwägen, und ich überraschte mich selbst: ich entschied mich aufzuhören. Es fiel mir nicht leicht – das muss ich ganz ehrlich sagen. Aber ich liebe diesen Mann, und ich könnte ihn niemals hintergehen. Also teilte ich allen meinen lieben Stammkunden mit, dass wir uns nicht mehr sehen würden. Einige reagierten gar nicht, andere waren geschockt oder verärgert – einige hatten aber auch Verständnis. Sie erinnern sich vielleicht noch an Tony? Den freundlichen Herrn mit dem Fessel-Fetisch? Er hatte mir ja schon einmal einen Brief geschrieben – und er schrieb mir auch einen Abschiedsbrief. Tony hat mir gestattet ihn hier abzudrucken.

Liebe Belle,

natürlich hat mich deine Nachricht zuerst erschreckt und traurig gemacht. Die Treffen mit Dir waren immer ein absolutes Highlight für mich. Du warst das Licht am Horizont. Tagelang konnte ich die Vorfreude genießen, wenn ich wusste, dass wir uns sehen würden. Ich malte mir aus, was wir tun würden, und allein das war schon ein großer Genuss. Man könnte jetzt sagen, dass es ja noch andere Damen gibt, die ihre Dienste anbieten. Und tatsächlich bin ich Dir auch ab und zu „fremdgegangen", ja – das muss ich zugeben. Aber unsere Dates waren für mich immer etwas ganz Besonderes. Du bist eine Frau mit einer unglaublichen sexuellen Anziehungskraft. Du bist intelligent und sensibel. Man kann mit Dir lachen und plaudern, der Sex ist aufregend und vertraut zugleich – kurz gesagt: für mich warst und bist Du einfach ein ganz wunderbarer Mensch und eine einzigartige, faszinierende Frau.

Ja, ich muss gestehen: ich war immer ein bisschen verliebt und habe es Dir nie gestanden. Vielleicht hast Du es gespürt. Aber da war immer auch (zum Glück!) ein kleiner Rest Verstand in mir, der mir sagte: sie ist jung, sie ist wunderschön, sie hat ihr eigenes Leben und ihre eigenen Träume, und sie hat jedes Recht diese Träume zu leben. Ich habe mein Leben, ich bin zwanzig Jahre älter und vermutlich gerade in der Midlife-Krise. Mir war klar, dass unsere „Beziehung", wenn ich das mal so nennen darf, beendet wäre, wenn ich irgendwas von „Liebe" sagen würde. Also ließ ich es bleiben. Jetzt, wo wir uns wohl nicht mehr sehen werden, kann ich es Dir ja sagen. Es gab Zeiten, da hätte ich auf einen Wink von Dir alles aufgegeben, um mit Dir irgendwo auf dieser Welt Pferde zu stehlen. Inzwischen kann ich das alles aber auch wieder etwas nüchterner betrachten. Irgendwie geht es in Deinem Job ja darum, eine Illusion zu schaffen für den Mann, der Zeit mit Dir bucht: er sucht eine Frau, die sexuell attraktiv ist, die ihm das Gefühl vermittelt, dass auch er für sie attraktiv sei. Sie schafft ein Gefühl von Vertrautheit und Nähe und zugleich eine erotische Spannung. Wenn diese Illusion perfekt ist, dann kann man leicht vergessen, dass es nicht die Realität ist.

Also, am Ende möchte ich Dir einfach nur danken für die vielen wundervollen Stunden, die wir über die Jahre zusammen verbracht haben. Es waren die schönsten und intensivsten Momente, die ich bei bezahltem Sex je erlebt habe. Ich werde sie nie vergessen. Ich werde <u>Dich</u> nie vergessen. Ich wünsche Dir alles Gute, Liebe, Glück, Erfolg - und die Erfüllung all Deiner Träume,

Tony

PS: Nur für den sicher sehr unwahrscheinlichen Fall, dass Du irgendwann – warum auch immer – diesen wunderbaren Nebenjob wieder aufnehmen solltest: ruf mich an!

Das ist mein Tony. Ich mag ihn, und natürlich hab ich manchmal diesen Blick in seinen Augen gesehen, und dann dachte ich mir: gleich wird er sich hinknien und um meine Hand anhalten. Aber er blieb cool und verlor nie den Humor. Er nahm sich selbst nie zu ernst. Es kam in meinem Job immer mal wieder vor, dass ein Mann meinte sich verliebt zu haben. Ich konnte das nie so richtig ernst nehmen, weil ich ja eine Rolle spielte. Diese Männer wussten ja nie, wie ich wirklich bin. Wir stritten uns nicht um herumliegende Socken und anderen Kleinkram. Nein, es ist wie Tony sagt: für die gebuchte Zeit versuchte ich auf den Mann einzugehen und ihm ein schönes Erlebnis zu schenken. Mit einem gemeinsamen Leben hat das überhaupt und gar nichts zu tun. Es war ein Geschäft. Ich war gut darin. Und es hat mir Spaß gemacht.

Ich habe mich nie in einen Kunden verliebt. Aber es gibt einige, die mir doch auch sehr nahe waren. Ihnen gegenüber habe ich mich geöffnet und auch Einblicke in mein „wahres Ich" gestattet. Tony war so jemand, der mir über die Jahre ans Herz gewachsen ist. Er und auch andere werden mir fehlen.

Warum verzichte ich auf all das, wenn es mir doch so wichtig war, werden Sie jetzt fragen. Weil ich Pläne und Träume habe, weil ich mit meinem Traum-Mann zusammen sein möchte, weil ich ihn liebe - und weil ich ein Kind von ihm erwarte. Ein neues Leben beginnt. Ein neues Abenteuer.

EPILOG

So. Ich habe Ihnen Einblick in mein Leben gegeben. Zumindest in einen entscheidenden Teil meines Lebens. Ich kann von mir sagen: ich habe das Schreiben sehr genossen. Es hilft, die Gedanken zu sortieren und manches auf den Punkt zu bringen. Trotzdem will ich zum Ende hin einfach mal zusammenfassen, was mir wichtig ist. Meine „Message rüberbringen". Die ist wohl verschieden, je nachdem wer mein Buch gerade liest. Daher hier zwei Varianten.

Wenn Sie eine Frau sind...

...dann will ich Sie keinesfalls dazu überreden, Hure zu werden. Aber ich will Verständnis wecken. Dass es Frauen geben kann, die das freiwillig tun – die nicht nymphoman oder sonst wie gestört sind. Und dass es Frauen gibt, die diesen Job einfach gerne machen. Machen Sie Ihrem Mann keine Vorwürfe, wenn er zu Huren geht. Das ist kein Verbrechen. Es sollte Sie eher zum Nachdenken bringen. Denn bei uns suchen die Männer meist etwas, was sie zu Hause nicht (mehr) finden.

Wenn Sie ein Mann sind...

...dann will ich von Ihnen nur eins: Respekt! Stellen Sie sich nur einmal kurz vor, Sie machen meinen Job. Dann ist Ihnen mein wichtigstes Anliegen sofort klar. Sie wollen auf gepflegte Menschen mit Manieren treffen. Das ist eigentlich in jedem Beruf so – auch wenn man seinen Kunden vielleicht nicht immer so nah kommt wie ich. Gerade dann aber ist es besonders wichtig.

Also liebe Jungs, wenn Ihr ernst genommen werden wollt, dann hört auf Eure Mamis: wascht Euch, putzt Euch die Zähne, seid pünktlich und brav. Ich jedenfalls habe schon Männer wieder nach Hause geschickt, wenn sie mir zu unhöflich oder ungepflegt waren. Da gab es dann gar keine Diskussion. Einmal muss ja auch Schluss sein.